王太子殿下の真実の愛のお相手は、私の好きな幼馴染の獣人騎士でした!?

プロローグ

何本ものかがり火が焚《た》かれた宮殿の入口は、まばゆいほどの光に包まれている。

今夜は新年を祝う王家主催の宮廷舞踏会とあり、名だたる貴族が国中から集まっていた。

アメリアにとっては成人となって初めての舞踏会で、兄のクリフォードにエスコートしてもらい参加している。黄金のウェーブする髪をハーフアップにまとめ、髪と同じ色に光る髪飾りをつけていた。

空色の瞳はアメリアの浮き足立つこころを表して輝きを増している。

裾がふわりと広がった淡いベージュのドレスには、ビジューが幾重にもつけられていた。

首と肩を露出して、低い背のわりには大きめの胸の谷間が現れたデザインの夜会服は、普段のものよりも豪華に仕立てられている。

新年のお祝いというだけではない。アメリアがこれから参加する舞踏会には長年想いを寄せる騎士がいて、父親からは「彼から大切な話」があるだろうと言われていた。

幼馴染《おさななじみ》のジャスティン・ルーセル。

彼は優秀な成績で騎士学校を卒業し、今は王太子付きの近衛騎士として宮廷騎士団に入っている。

今夜のジャスティンはいつも着ている紺の騎士服ではなく、白の布地に銀糸で飾り刺繍《ししゅう》のされた夜会用の豪奢《ごうしゃ》な騎士服をまとっていた。

ジャスティンは光を受けるとプラチナのように輝く青銀の髪に、まっすぐ通った鼻梁《びりょう》に固く引き締まった唇を持つ美丈夫だ。

彼の目に留まりたい、とジャスティンを狙う令嬢はたくさんいる。

なぜなら彼は容姿だけでなく身体能力の優れた獣人騎士でもあった。

――獣人、それは動物の特徴を持つ人間で、セリーナ王国では貴重な人材として重用されている。姿は人間と変わらないが知力も体力も容姿も良い者が多い。

ジャスティンも狼獣人の能力を生かし、騎士として身を立てていた。

ナサナエル・タヴァナー王太子を守る騎士として、ジャスティンは夜会であっても厳しい表情を崩すことはない。

どれだけ着飾った美しい女性が傍《そば》に寄ってこようと眉一つ動かすこともなかった。

深紅《しんく》の髪を持ち、炎のごとく苛烈なイメージのナサナエル王太子と、その隣に立つ近衛は『炎の王子と氷の騎士』と呼ばれ、存在感を増していた。

(あ、ジャスティン。今日もすごく素敵……)

ナサナエル王太子の出席する夜会に参加すれば、ジャスティンの姿を一目でも見ることができる。それが今のアメリアにできる唯一のことだった。

アメリアは内気な性格もあって、夜会では自分から誰かに話しかけることができない。奥ゆかしい、といえば聞こえはいいが、仲のいい令嬢もほとんどいない。

兄が傍《そば》を離れた途端に一人となり、いつも壁の花となってしまう。

そんな彼女に声をかける男性もいるが、不思議なことに一度話をした後に再度声をかけてくる者はいなかった。

しかも、時折ジャスティンと視線が絡んだ途端に顔を伏せられる。

明らかに避けられている仕草にアメリアは毎回傷ついてしまうのに、それでもジャスティンの姿が見たい。

（お父様はジャスティンから私に話があると言っていたけど……、やっぱり何もないわよね）

ジャスティンは鋭い眼をして王太子を守るために背後に控えている。

舞踏会の時間は瞬《また》く間に過ぎ、後は王族からの新年の挨拶を残すだけとなった。

王族が壇上に上《のぼ》ると会場にいる人々が集まり始める。

ナサナエルは一歩前に出て大きな声を出した。

「キャサリン・オルコット、お前とはもう婚約破棄だ！」

煌《きら》びやかな王宮で開かれた新年を祝う夜会の挨拶とは思えない、王太子の宣言が響き渡る。

ざわついていた会場は彼のひとことで水を打ったようにシーンと静まりかえった。

急に婚約破棄を宣言したナサナエルに人々の注目が集まる。

（な、なんてこと！）

アメリアも何事かと目を見張った。

騒動の中、ナサナエルの目の前にいた婚約者のオルコット公爵令嬢が、顔を青白くして彼に問いかけた。

「ナサナエル殿下！　私との婚約を破棄するのはなぜですか？」

「それは、……それは、私は真実の愛を見つけたのだ！」

ナサナエルは顔を紅潮させ、会場に響き渡るように声を張り上げた。

「真実の愛とは、……お相手はどなたですか？」

オルコット公爵令嬢はとうとう涙を一筋流して、それでも気丈に顔を上げる。

するとナサナエルは、緊張した様子で声を震わせながら答えた。

「そ、それは……、か、彼だ！　彼が私の真実の愛なのだ！」

周囲が一気に騒然とし始める。

なぜなら、ナサナエルの指さした相手は、隣に立っているのは――

（ジャスティン！）

声にならない叫び声を上げたアメリアは、口をはくはくとさせた。

「そんな！」

「まさか！」

「きゃぁああ！」

王太子は婚約破棄を言い渡すだけでなく、真実の愛の相手が近衛騎士のジャスティンだと表明した。

ナサナエルもジャスティンも、優れた男らしい体躯と整った顔立ちのため、多くの令嬢の憧れの存在だ。

その二人が恋人同士だと宣言したせいで、あちこちで悲鳴が上がる。

いくら男色に理解のあるセリーナ王国とはいえ、世継ぎを期待される王太子の恋人が男性とあっては王位の継承問題にもなりかねない。

その場にいる貴族の中には、今後の政権を心配して顔色を悪くする者もいた。

「ジャスティン……、そんな！」

アメリアがジャスティンを目で追うと、彼はナサナエルの隣で眉をひそめ、口を固く結び、まるで怒っているようだ。

もしかすると、今日この場で恋人関係を明かされるとは思っていなかったのかもしれない。

泣き崩れるオルコット公爵令嬢は、つき従っていたシャペロン（介添えの女性）に肩を抱かれ、静かに退室した。

（婚約破棄をするといっても、何もこんな目立つ夜会でしなくても……、キャサリン様もかわいそうに）

特にこれまで、ナサナエルとキャサリンが不仲だという話はなかった。

むしろ最近では仲睦《なかむつ》まじい姿が見られ、結婚式の発表も遠くないという噂《うわさ》があったくらいだ。

アメリアはキャサリン嬢の心中を思うといたたまれなくなる。

もし自分がキャサリン嬢の立場だったら、立ち直ることなどできそうにない。

その場に残っていたナサナエルもしばらく父親である王と話をしていたが、踵《きびす》を返すとジャスティンを連れて未だおさまりのつかない大広間を出ていった。

「皆の者、静かに――」

ナサナエルが退場したのを見届けると、王は両手を挙げ聴衆に静まるように命令した。

さらに、ナサナエルの宣言した内容については、後日改めて発表するとだけ伝えられ、その日の舞踏会はあっけなく終了した。


「まさか、ジャスティンが男色家だったなんて」

アメリアは大広間からバルコニーに出ると、手すりにもたれながら切なくため息を漏《も》らした。

簡単には信じられないけれど、ジャスティンが男色家だとすればこれまでの行動に納得がいく。

彼とナサナエルは同じ学年で、一緒に切磋琢磨《せっさたくま》した間柄で仲がいい。

そのためジャスティンがナサナエルの近衛騎士に選ばれたとも聞いた。

騎士学校には女性もいるが、その数は非常に少ない。

一部の男子学生は男色に目覚めることもあるという。

ジャスティンもその仲間入りをしたため、アメリアに興味を失ったのかもしれない。

彼は今や、獣人騎士として宮廷騎士団の中でも若手エースだ。王太子からの信頼も厚い。

「……ジャスティン、あなたが殿下の恋人だったなんて」

もうあの時の約束を忘れて、幼い頃からの恋に終止符を打つべき時が来たのかもしれない。

――彼は、ナサナエルの恋人なのだから。

頰を伝う涙を拭《ぬぐ》い、アメリアは気持ちを切り替えようとバルコニーから外に出た。

手入れの十分された庭園には、木々の間を縫うように小道が整えられている。

夜の冷たい空気を吸うと、さっきまで哀しみで埋め尽くされていたこころが静まり、気持ちも落ち着いてくる。

月が綺麗に出ていて、王宮の切りそろえられた木々の庭を美しく照らしていた。

少し歩くと、噴水の近くで誰かが言い争っている声が聞こえる。

どうやら男性同士が口喧嘩《くちげんか》をしているようだ。

「……！」

「……、お前しかいないんだ！　……！」

「殿下！　……、……！」

二人は声を抑えて争っている。注意して聞くとひとりは騒動の中心にいたナサナエルだった。

もうひとりは背中しか見えないが、服装からして……

（ジャスティン！）

アメリアは近くにあった木の陰にサッと入り、二人をそーっと観察した。

月はナサナエルの顔を照らしている。苛烈なイメージのあるあの王太子とは思えないほど眉を寄せて、今にも泣き出しそうな顔をしていた。

二人は急に静かになった。

そしてナサナエルが下を向いたタイミングで、ジャスティンが彼の頬を両手で挟み込み、顔を近づけた。

まるでそれは——キスをしているかのようで。

(ジャスティン、あなたは本当に……！)

アメリアはこころの中で何かがパリンと割れた音が聞こえ——、幼い頃から温めてきた初恋が終わったことを知った。

もしかしたら、ナサナエルはジャスティンと一芝居打ったのではないかと疑っていた。

でも今見た二人の様子からはそうとは思えない。

ナサナエルは涙目になりながらジャスティンを見上げ、恋人を一途に想うような顔をしていた。

(あぁ、ジャスティンは本当に殿下の恋人なのね)

二人の親密な様子は、恋人同士であることを信じさせるのに十分だった。

赤髪を立てて、獅子《しし》と間違いそうなほど勇猛な姿をしているナサナエル王太子。

盗賊討伐に向かった時はまるで炎のように苛烈で、その傍《そば》に常に控えていたジャスティンは氷のごとく冷静に彼を支えていたという。

きっと、その頃から二人の仲は進展していたのだろう。

ズキン、と痛む胸を押さえアメリアはその場をそっと離れる。

(さようなら、ジャスティン——、私の初恋の騎士様)

嗚咽《おえつ》を噛み殺しながら、アメリアは兄の待つ馬車乗り場へと向かった。

第一章

ジャスティンと初めて出会ったのは、アメリアが五歳になる誕生祝いの時だった。

心地良い風が吹き抜ける日に伯爵邸の庭園で開催されたパーティーに、近隣に住むルーセル伯爵一家も招かれた。

ルーセル家の息子で七歳になるジャスティンは鈍く光る刃のような銀色の髪を持ち、同年齢の子よりも背が高く体格も良い。アメリアを一目見た彼は目を大きく見開いた。

「っ、君はっ……！」

ジャスティンは息を止めて一瞬動かなくなり、金色の瞳を輝かせてアメリアを見つめたまま、肩を小刻みに震わせて喜びを噛みしめている。

ふわふわとした金色の髪を風に遊ばせて、空色の瞳と同じ色のドレスを着たアメリアは、自分を見つめるジャスティンの金色の瞳が珍しくて、その輝きを覗き込んでいた。

黙ったまま見つめ合う二人を見たアメリアの母は、小腰を屈《かが》めて娘の肩を叩いた。

「アメリア、お客様よ。ほら、ご挨拶して」

「は、はい。アメリア・スティングレーです。はじめまして」

にこりと微笑みながらスカートの端をちょっと持ち上げて、練習したばかりの淑女《しゅくじょ》の礼をする。

ジャスティンはアメリアから視線を外すことなく、こころの底から嬉しいとばかりに屈託のない笑顔を見せると、膝を深く曲げて目の高さをアメリアと合わせた。

「ジャスティン・ルーセルです」

少年特有の高く澄《す》んだ声を聞いて、アメリアは何かがふわりとこころを通り抜けるのを感じた。

その日からジャスティンはアメリアの一番の友達で、かけがえのない幼馴染《おさななじみ》となった。


アメリアの初恋は自然にやってきた。

初めて会った時からずっと、ジャスティンは甘く蕩《とろ》ける眼差しでアメリアを見つめている。

親同士はすぐに仲良くなり屋敷も近くにあった。

さらに兄のクリフォードとジャスティンは同い年で、その二歳下のアメリアの三人は毎日、飽きもしないで日が暮れるまで一緒に遊んだ。

獣人のジャスティンは嗅覚が優れていて、香りのよい花をたくさん集めることができる。

アメリアが色鮮やかな花が好きなことを知ると、空《あ》いた時間に広大な野山を駆けては花を摘み、それを渡した。

「アメリア――！　こっちにおいで、いい匂いのする花があるよ！」

「ジャスティン、どれ？」

「これ、この花だけどわかる？」

「これ？」

「うん。でもやっぱりアメリアが一番、いい匂いがする！」

「もう！　ジャスティンはそればっかり！」

ちょっと年上のお兄さんで、面倒見のいい彼はいつでもアメリアの近くにいた。

庭を歩く時は手を繋ぎ、足が痛くなるとおんぶしてくれる。

時折、自分の匂いを嗅《か》ぐ仕草をするのは彼が獣人だからと思い、アメリアは気にすることなくいつも一緒にいた。

おやつの時間も隣に座ってアメリアに食べさせていたのはジャスティンだった。

「アメリア、はい、クッキーだよ。あーんして」

「ん、あーん」

焼き菓子やプリン、なんでも彼の手で食べさせてもらうのが習慣になっている。

その様子を隣で見ていたクリフォードが口を挟んだ。

「おい、ジャスティン、アメリアはもう自分で食べることができる年齢だぞ」

「クリフォード、いいんだよ。僕が食べさせたいんだから」

「そうよ、お兄様。ジャスティンが食べさせてくれると、美味《おい》しいお菓子がもっと、もーっと美味《おい》しくなるんだから！」

兄が呆れるほどの可愛がりようを、アメリアは何も不思議に思っていなかった。

むしろジャスティンと家が違うことが残念で、クリフォードと交代してほしいとねだったこともある。

遊び疲れたアメリアのお昼寝の時間に、寝かしつけるのも自然とジャスティンの役目になった。

「ねぇねぇ、ジャスティン。もふもふさせて？」

「ちょっとだけだよ」

お昼寝部屋でアメリアがお願いをすると、ジャスティンは後ろを向いて服を脱ぎ、獣化した姿を見せた。

狼獣人のジャスティンは美しい青銀の毛をなびかせる狼に姿を変えることができる。

そのことを知ったアメリアは、二人きりになると時々ジャスティンに狼になってほしいとせがみ、彼も大抵の場合はそれに応《こた》えていた。

獣人が獣化した姿を見せるのは家族か、親しい間柄の者、例えば結婚を約束した者だけだということを当時のアメリアは知らなかった。

普段の優しい瞳と違い、鋭く金の瞳を光らせた彼は、ベッドに寝るアメリアの傍《そば》に来て、その身を横たえた。

「もふもふして、気持ちいい！」

獣化した狼のジャスティンを撫《な》でていると、不思議なことにスーッと眠気が来る。

普段は寝つきの悪いアメリアだったが、優しい狼を抱きしめながらその毛に顔を埋《うず》めると気持ちが落ち着いた。

「ジャスティンは、太陽の匂いがするね」

「ワォン」

狼になったジャスティンは言葉を話せないが、鳴き声で喜んでいることがわかる。

アメリアは狼に添い寝してもらうと、すぐに眠ることができた。

狼になったまま、ジャスティンも一緒に昼寝することさえあった。


アメリアが本を読める年齢になった頃、二人で庭にある東屋《あずまや》に行き本を読むことが多くなった。

「ねぇねぇ、ジャスティンは狼なんだよね？」

「うん、狼と人間が重なっているよ」

「すごーい、強いんだよって、兄さまが言っていたわ」

屈託なく笑うアメリアは、今日は新しく手に入った騎士の物語の本を持っている。

「父さんは獣人騎士で、とても強かったよ」

「騎士？　お話の中によく出てくる強い騎士だったの？」

アメリアは先日読んだ本の中に、お姫様のため騎士が悪者を倒した話があるのを思い出した。

「お話の中の騎士より、うんと強いよ」

「すごーい！　ジャスティンも強いなら、大きくなったら騎士になるの？」

「アメリアは、……僕に騎士になってほしい？」

「うん！　だってジャスティンが騎士なら、私をお姫様として守ってくれるでしょ？」

花がほころんだように笑うアメリアを、ジャスティンは目を細めて見つめている。

どんなに突拍子もないことを言っても、彼は否定しないで受け止めてくれる大切な友達だ。

アメリアは持っていた本を横に置くとジャスティンの頬を両手で持ち、いきなり顔を近づけて鼻と鼻をこつんと合わせた。

「んんん？　アメリア？」

いきなり鼻を擦《こす》られることになったジャスティンは、目を丸くした。

「あのね、ご本の中に書いてあったわ。狼の騎士は遊びたくなると鼻をお姫様のお鼻に合わせて、仲良くするんですって！　どう？　ジャスティンも遊びたくなった？」

「ア、アメリア？」

無邪気な様子で顔を近づけるアメリアに、ジャスティンは慌ててこつんと額《ひたい》をくっつけた。

「アメリア、鼻をくっつけるのは違う意味もあるから、僕以外の男にしちゃダメだよ」

「え？　うん、わかった。ジャスティン、もしかして怒ってるの？」

「違う、……うーんと、心配してるだけ」

アメリアの空色の瞳を覗き込む金色の瞳がほのかに揺れている。

いつも隣にいる兄みたいな存在のジャスティンがまるで違う生き物のように感じ、トクン、とアメリアの胸が鳴った。

「ジャスティンにしか、しないから」

「うん、約束だよ。僕もアメリアにしかしない」

顔を離したジャスティンは、静かに手元の本を開いて再び読み始めた。

アメリアも横に置いた本を持って開いてみるけれど、文字が頭に入ってこない。

ドクドクと高鳴る鼓動ばかりが耳に響き、集中できなかった。

肩がくっつくほど隣に座っているジャスティンの横顔を見上げると、幼心《おさなごころ》にも彼の顔の造作が整っていることがわかる。

（ジャスティンの隣に、大人になっても座っていたいな）

アメリアはジャスティンが兄とも、友達とも違う存在だということに気がついた。

それが初恋だと気がつくのに時間はかからなかった。


兄弟のいないジャスティンは、スティングレー伯爵家でクリフォードと一緒に家庭教師から学んでいた。

自然とアメリアも学び始めるが兄たちに追いつけない。

家庭教師の時間が終わるとジャスティンはいつでも、教師よりわかりやすくアメリアに勉強を教えてくれた。

「ねぇ、ジャスティン、先生はどうしてあんなに難しく教えるの？」

「そうだね、アメリアにはまだ早いのかな」

「ジャスティンが先生だったら、よかったのに」

「でも、先生だと一緒に遊べなくなっちゃうよ」

「それは嫌！」

「そうだね、僕もアメリアと一緒にいたいから、もうちょっとだけ頑張ろうか」

「うん！」

ジャスティンは小さなアメリアを膝の上に乗せて頭を撫《な》でる。

時折、アメリアの匂いを嗅《か》ぐために密着するがアメリアは嫌ではなかった。

むしろ、ジャスティンの身体の温《ぬく》もりを感じることができて心地良い。

気がつくとすぐ傍《そば》にジャスティンがいて、アメリアは実の兄であるクリフォードよりも彼と過ごす時間のほうが多かった。


ある日アメリアは人形と小さな家のおもちゃで遊びながら、無邪気な声でさらりと言った。

「私、将来はジャスティンのお嫁さんになって、赤い屋根のおうちに住むの！」

「赤い屋根のおうち？」

手にしているおもちゃの家の屋根は、赤くて可愛らしい造りをしていた。

二階建ての平民が好んで住む家だ。

「そう、丘の上にあって、小さくてかわいいおうちなの。ジャスティンのお嫁さんになったら、毎日一緒に眠ることができるんでしょ？」

「う、うん。それはそうだけど」

「じゃ、毎日ジャスティンのもふもふと一緒ね！」

「えーっ、そうすると僕は狼になって寝るの？」

「うん！　ジャスティンが狼になって、私はいーっぱい、抱きしめて寝るの！」

「じゃ、狼になるから、アメリアは僕のお嫁さんになってくれる？」

「いいよ！」

ジャスティンは目を細めて、アメリアを可愛がった。

二人は幼いなりにも特別な絆《きずな》を感じて過ごしたけれど、そんな幸せな時はあっけなく終わりを告げることになる。


ジャスティンが騎士学校に、クリフォードが貴族の子弟の通う学園に入るために王都へ行くと、二人の関係は急激に変化した。それもアメリアが望まぬ方向に。

ジャスティンは休暇時期になっても領地に戻ることもなく、スティングレー家への訪問はパッタリと途絶えてしまう。

「ねぇ、お父様、お母様。兄さまは頻繁に帰ってくるのに、どうしてジャスティンは帰ってこないの？」

「さぁ、騎士学校は忙しいのではないのかな」

「でも、もう半年も会っていないよ」

いくらジャスティンのことを話題にしても、父親も母親も、クリフォードさえも何も言わない。

そうしているうちに、アメリアの十二歳の誕生日がやってきた。

身内でお祝いするだけの小さな誕生会は、ジャスティンと出会った七年前と同じだ。

その日も水色のドレスを着たアメリアが呼ばれて振り返ると、花がいっぱい飾られたガーデンパーティーの会場に現れたのは、青色のフロックコートを着たジャスティンだった。

肩についていた青銀の髪を短く切り、幼さの消え去った彼はまるで絵本の中から飛び出してきた王子様のようだ。

「――っ、ジャスティン！」

久しぶりに会う彼は背が伸びて声が少し低くなっていたが、アメリアを見る目は変わらず甘く蕩《とろ》けるようだ。

腕にはカラフルな花束の他に箱を一つ持っていた。

「アメリア、これ。君の誕生日プレゼントだけど、受け取ってくれるかな」

「ありがとう、ジャスティン！」

アメリアは喜びを顔いっぱいに表しながら箱を開けると、「わぁ」と声を上げた。

中には可愛らしく舌をちょっと出した狼のぬいぐるみが入っていた。

アメリアの手にちょうどいい大きさで、肌触りもジャスティンの獣化した時の毛に似ている。

「かわいい！　私、大切にするね！」

「よかった。またしばらく会えないから、僕の代わりにしてくれるといいな」

「え……、また会えなくなるの？」

アメリアが心配になって上目遣いに見ると、ジャスティンは眉根を寄せて困った顔をした。それでもアメリアを安心させるために、少し屈《かが》んで目の高さを合わせると優しく囁《ささや》いた。

「アメリアが大きくなったら迎えに来るよ。それまでここで待っていて」

「大きくなったら？　私が大人になるまで会えないってこと？」

「そんなことはないけど、これまでみたいに一緒にいるのはしばらく我慢だよ。でも、アメリアの準備ができたら、……一緒に暮らそう」

「ジャスティンと、一緒に暮らせるの？」

「うん、今日はそのために帰ってきた。後で両親と一緒にアメリアのお父さんと話をするからね」

優しく笑ったジャスティンはポンポンとアメリアの頭を撫《な》でた。

「ジャスティン、それなら目をつむっていて」

「ん、どうした？」

「いいから、目を閉じて」

「はいはい」

アメリアの言うままに目を閉じたジャスティンの頬に、柔らかい唇をそっと当てる。

驚いたジャスティンは、ハッと目を開けると一気に顔を赤くしてアメリアの唇が触れた頬を手で押さえた。

「ジャスティン、約束ね。私、待っているから」

「アメリア……、あぁ、約束する」

ジャスティンは何かをぐっと耐える顔をしてアメリアを見つめた。

仲のいい二人が話しているのを邪魔する者は周囲にいない。

それを確認したジャスティンは、今度はアメリアに「そのまま」と言って、額《ひたい》に触れるだけのキスをした。

「きゃっ」

「しっ、静かに！」

まさか、ジャスティンが額《ひたい》にキスをするとは思わず、アメリアは両手を頬に当てた。

金色の瞳をまるでアメリアを狙う獣のように光らせて、ジャスティンは人差し指をアメリアの唇の上に置くと、そのまま首筋を沿わせ、鎖骨の上で止めてうなじを見る。

「いつか……、ここに」

うなじを噛むのは、獣人が番《つがい》と定めた証拠だ。

ジャスティンの番《つがい》はアメリアだと言わんばかりの指と瞳の動きに、思わずぞくりとした何かが背筋を走る。

——番《つがい》、それは獣人に備わった本能の伴侶だ。

番《つがい》は生まれた時から定められているが、出会うことは稀《まれ》な存在だ。ただ、出会うことができた獣人はけして番《つがい》を離さないし、まるで物語のように求め合う。

ジャスティンの両親も番《つがい》同士で、二人はいつも近くにいてとても仲がいい。

（もしかして、私ってジャスティンの番《つがい》なのかな。そうだと嬉しいけど）

ただの人間のアメリアにはわからない習性が獣人には多いが、それでも番《つがい》の存在は特別だということは知っている。

ジャスティンの特別な存在になりたい。けれど、これまで誰からも『アメリアはジャスティンの番《つがい》』だと聞いたことがない。ジャスティンからも言われたことがない。

たとえアメリアが番《つがい》でなくても、番《つがい》以外と普通に恋をして結婚する獣人もいるから、いつかジャスティンが自分を選んでくれると嬉しい――

一段と背の高くなったジャスティンを見上げ、アメリアは手をギュッと握りしめた。

すると二人を見つけ、声をかけながら走り寄ってくる人がいる。

「おーい、ジャスティン！　久しぶりだな、いつ帰ってきた？」

クリフォードがジャスティンを呼ぶ声が聞こえると、アメリアもハッとして兄のほうを向く。

「アメリア、忘れちゃダメだよ」

「うん、ジャスティンもね」

にこり、と笑ったジャスティンはすぐに兄のほうに顔を向け、手を振った。

「おーい、クリフォード！　今行く！」

どこかふわふわとした期待を胸にしたアメリアは、まさかその日を境にジャスティンと会えなくなるとは思ってもいなかった。

誕生会の後、長い時間をかけてアメリアの両親とジャスティン、そして彼の両親たちは話し合いの場を持った。

アメリアはそわそわしていたが、話し合いが終わるとすぐにジャスティンたちは帰ってしまう。

ジャスティンとさようなら、と言葉を交わすこともできなかった。

両親に呼ばれたアメリアは、期待と不安が入り混じった気持ちで父の書斎の扉を開けた。

すると父が少し険しい顔をしているのを見て、アメリアは嫌な予感に胸が騒ぐ。

「アメリア、今日はジャスティン君の両親が、お前と彼との婚約を申し込んできた」

「お父様！　本当に？」

「だが……、お前はまだ十二歳だ。婚約するのに早すぎる訳ではないが、お父さんもお母さんもお前には自由に娘時代を過ごしてほしいと思っている」

「それって、どういうこと？」

「今すぐ、ジャスティン君と婚約することはない、ということだ」

「……っ、そんな！」

これまで二人が仲良く過ごすのを反対しなかったから、まさか父親が断るとは思わなかった。

同じ伯爵家同士で家格の問題もない。

スティングレー伯爵家は兄のクリフォードが継ぐため、アメリアがジャスティンのところに嫁《とつ》ぐのに、何の支障もないと思っていたから尚更だった。

「お父様、私、でもジャスティンのこと……」

恋心を隠せないアメリアが思わず涙ぐんで父親を見ると、彼は困った顔をしている。

「アメリア、お父さんはね、将来ジャスティン君と結婚することを反対している訳ではないよ。ただ、それを決めるのはもう少し先でもいいかな、と思っただけだ。ジャスティン君も、騎士としての勉強があるから、しばらくはお前と会うこともできないだろう。まだお前たちは若い。少し距離をおいて、それでもお互いやっぱり結婚したいのであれば、その時は喜んで賛成するよ」

父親はアメリアをいつくしみ、頭を優しく撫《な》でた。

「では、お父様。私っ、ジャスティンのこと好きでいてもいいの？」

「あぁ、恋する気持ちを抑える必要はないが、とにかくアメリア。お前が十八歳になるまでは、ジャスティン君と二人きりになってはいけない。いいか、これだけは守りなさい」

「はい。お父様」

将来のことまで反対されていない、それだけでアメリアはホッとする。

ジャスティンが迎えに来るまで待つと約束したから、アメリアはずっと待つことを決心した。

もらった狼のぬいぐるみにジョイと名前を付け、枕元に置いていつも話しかけながら眠るのがアメリアの日課となった。

ジャスティンに会えない代わりに手紙を書いたけど、なぜか返事がくることはなかった。

もしかしたら父親が婚約を断ったことに、腹を立てているのかもしれない。

居ても立っても居られず、兄のクリフォードに相談しても、ただ「待て」としか言わない。

それでも毎年誕生日になると、差出人のわからない色とりどりの豪華な花束が届く。

かつてジャスティンがアメリアのために取ってきてくれた花束に似た色合いをしているから、この花束は彼からの贈り物だと信じることにした。

（きっと、何か事情があるんだろうな）

寂しく切ない気持ちになりながらも、アメリアは一途にジャスティンを想い続けた。

しかし何の連絡もないまま三年もたつと、手紙すら迷惑かと思い書くのをやめる。

十六歳になって社交界デビューとなり、王宮で行われる夜会で久しぶりに見たジャスティンは、王太子殿下の後ろに控える精悍《せいかん》な騎士となっていた。

だが、久々に会ったその日もアメリアと言葉を交わすどころか、いくら見つめても視線が合うこともない。

もうあの時の約束なんてジャスティンは覚えていないのかもしれない。

まばゆい光の中にいる彼に、アメリアは声をかける勇気を持っていなかった。

それでもアメリアは——彼を忘れることはできなかった。

◆

「殿下！　一体あれは何ですか！　いつ私が殿下の真実の愛の相手になったのですか！」

ジャスティンは猛烈に怒っていた。

王太子を相手に喧嘩《けんか》を売るなんて、不敬でしかないが黙ってはいられない。

王太子と近衛騎士だが、普段から気安く話す間柄でもある。

ナサナエルが夜会でオルコット公爵令嬢に婚約破棄を告げることは知っていたが、真実の愛の相手として、まさか隣にいた自分を指名するとは思ってもいなかった。

「いや、本当にすまん。だが、俺の相手が女嫌いで有名なお前なら真実味が出るだろう」

「でしたら事前に言ってください。私にも覚悟が必要です」

「ジャスティン。事前に伝えたらお前は反対しただろう？　いや、お前を巻き込んでしまって、本当に申し訳ないと思っているよ。しかし、脅迫してきた犯人たちの意図がまだ見えない今、私の恋人と表明すると狙われる可能性もあるが、騎士のお前を襲う奴もいないだろう。それにお前にはもう番《つがい》がいるから、俺に懸想《けそう》することもないだろうし適任だと思ったんだ」

「……っ、殿下、それはそうでしょうが！」

「あれだけ派手にお前を恋人だと言った手前、もうお前しかいないんだ。頼む！　今だけでもなんとか、堪《こら》えてもらえないか？」

「殿下！　頭を下げないでください！」

ナサナエルとジャスティンは騎士学校で出会って以来、もう七年も一緒に過ごしている。

ジャスティンが近衛騎士に選ばれたのは、ナサナエルが気がねなく話せる相手であり、なおかつ護衛としても適任だったからだ。

騎士学校を卒業したあと、ジャスティンは騎士としてナサナエルに忠誠を誓った。

そのナサナエルの頼みを無下《むげ》にすることはできない。

もちろん命令となれば文句など言える立場ではないが、ナサナエルもさすがに今回のことは強制したくはないようだ。

頭では理解している。王太子は考えられる選択肢の中から、最善を選ぼうとしただけだ。

わかっているけれど、今日はジャスティンにとって特別な日だった。

(やっと、アメリアと話ができると思ったのに)

忘れもしない、アメリアの十二歳の誕生日。婚約を申し込んだが、スティングレー伯爵の回答は予想外のものだった。

アメリアが成人するまでは普通の令嬢と変わらず育てたい。

幼いうちに婚約者を決めることはしない、だから婚約は辞退すると伝えられた。

けれどアメリアはジャスティンの番《つがい》だ。

それは出会った時から確信している揺るがない事実だ。

アメリアを奪う男がいたら、喉ぼとけを噛みちぎってでもアメリアを取り戻す。

幼少時からのジャスティンの執着を見て、互いの両親は既にそのことをわかっていた。

だが幼いアメリアはただの人間で、番《つがい》を感じることができない。

ジャスティンはアメリアに番《つがい》と告白することも、愛を囁《ささや》くことも止められた。

さらに、成人するまで婚約できないどころか、接触することを禁じられた。

獣人にとって番《つがい》は唯一であり己の半身だ。その執着は身を滅ぼすこともある。

もし幼いアメリアを蹂躙《じゅうりん》することになれば、悲劇では収まらない。

多くの獣人は成人した後で己の番《つがい》と出会うため、ジャスティンのようにまだ幼い頃に番《つがい》に出会ってしまうケースは稀《まれ》だった。

ジャスティンの親は、獣人として番《つがい》への強い想いを知っている。

だから余計に、ジャスティンを厳しく戒《いまし》めた。手紙を書くことすら禁止されるとは思いもしなかったが、毎年の誕生日に花を贈ることだけは見逃してくれた。

あの時以来、直接の接触はしなかったが、間接的には干渉してきた。

アメリアに声をかける男がいれば全て脅《おど》してでも排除してきた。

クリフォードを通じてアメリアの様子を聞き、できることがあればなんでもしてきた。

結局、十二歳のアメリアと交わした約束だけが、ジャスティンのこころの支えとなっている。

――大きくなったら、成人したら迎えに行く。それまで待っていてほしい……

その想いに嘘はない。しかし約束を今夜果たそうとしたところで、思わぬ事態に巻き込まれてしまった。

ナサナエルにはアメリアが番《つがい》であることを話しているが、今夜が再び会話することを許された日だったとは伝えていない。

今夜はアメリア次第では、プロポーズをするつもりで服装を整え、指輪まで用意していた。

なのにナサナエルの真実の恋人に指名されてしまった。

もう状況を認めない訳にはいかない。

「わかりました、殿下。恋人のふりでもなんでもしますよ」

「そうか、ジャスティン！　相応の報酬は払うからな！」

「殿下、それはいいですから……」

ジャスティンは自分の置かれた立場に、深いため息を吐いた。

そもそもことの起こりは、ナササナエルの婚約者のキャサリン・オルコット公爵令嬢が犯罪集団のマクゲランに脅《おど》されたことだ。

未来の王太子妃を狙う文言が並ぶ脅迫状が届き、実際に誘拐されかかったことも一度ではない。

警備を厚くしてもマクゲラン一味を探し出すこともできず、目的も未だつかめていない。

豊かな黄金の髪に美しい紺碧《こんぺき》の瞳をしたキャサリン嬢を、ナササナエルはことのほか愛している。

公爵令嬢という地位にいながらも慎《つつし》み深く、驕《おご》ることのない人柄は人々に愛されている。

幼い頃から未来の王妃となるべく、教育を受けその期待に応《こた》えてきた。

未来の王太子妃、ひいては王妃となれる人材はキャサリン嬢をおいてほかにない。

大切な彼女を守るためにナササナエルは、婚約破棄をする芝居をすることに決めた。

犯人の目的が「未来の王太子妃を殺す」ことならば、その地位を一時的になくせばいいからだ。

婚約破棄を犯人に知らせるため、今夜の新年を祝う舞踏会で派手に宣言することになっていた。

真実味を出すために、かわいそうだがキャサリンには何も知らされていない。

あれほどショックを受けていた様子から察するに、キャサリンは自分とナササナエルが恋人関係であることを信じたのだろう。

キャサリンでさえそうならば、アメリアが誤解するのは目に見えている。

ジャスティンとナササナエルが二人で話していると、後方でがさりと木の陰に誰かが隠れる気配がした。

「誰かいるな、ジャスティン」

「はい、ただ、この匂いは……」

これはアメリアの匂いだ。

獣人のジャスティンが間違えることのない、唯一の番《つがい》の匂い。

「殿下、アメリアです。あぁ、アメリアと話をさせてください。このままでは、誤解されたままでは……」

「まて、俺もキャサリンに真実を伝えたいが脅迫犯の動きが見えない。悪いがしばらく待ってくれないか」

「そ、それはそうでしょうが、そうするとアメリアが……」

「ジャスティン、俺もキャサリンをあんなにも悲しませてしまった。お前にもすまないと思うが、ああっ、キャサリン！」

ナサナエルは恋しいキャサリンを思い出したのか、涙目になっている。

よく、苛烈なイメージを持たれるナサナエルだが、それは赤髪と鋭い眼がそうさせているだけで本当の彼は涙もろい。

情に厚く臣下想いなのに、少しヘタレで今回もやらかしてくれた。

そのヘタレがようやく想いを告げて、最近やっとキャサリンと両想いになれた。

それにもかかわらず相手を傷つけるとわかっているのに、彼女を守るために断腸の思いで婚約破棄を叫んだことは偉いと思う。

（だが、私を巻き込まないでほしかった……）

最愛のアメリアが近くにいる、それも今夜のドレスは胸の谷間がしっかりと見えていた。

本当なら今すぐ抱きしめて、その谷間に顔を埋《うず》めたい。

想像するだけでジャスティンの胸は高鳴るが、今はナサナエルの警護中だ。

気を引き締めてナサナエルを見ると、彼は目をこすりながらジャスティンに話しかけた。

「ジャスティン、す、すまないが目に何かゴミが入ったようだ」

「殿下……、では、見てみますのでこちらを見上げてください」

獣の目を持つジャスティンは、暗い夜でも大抵のものを見ることができる。

背後にいるアメリアに意識を向けつつも、ジャスティンはナサナエルの頬に手を添え、その目の中を覗き込もうと顔を近づけた。

「何もありませんよ、殿下」

「そうか？　痛みを感じて……、あぁ、また泣けてきた」

「それはゴミではなくて、キャサリン嬢を悲しませたからではありませんか？」

「そ、そうか、そうだな……、あんなにもショックを受けて、ううっ、キャサリン！」

「殿下、でしたら一刻も早くマクゲラン一味を捕まえて、こんな茶番は終わらせましょう」

「あ、あぁ、そうだな」

キャサリンを思い出して、今にも泣き出しそうなナサナエルをなだめていると、背後にあったアメリアの気配がスッと消えた。

もう夜会も終わったからアメリアは馬車乗り場へ向かったのだろう。

今夜話せなかったことは残念だが、脅迫犯を捕まえるまでのこと。

キャサリンは未来の王太子妃となる大切な方だから、多少の犠牲《ぎせい》を払ってでも守らなければならない。今できることは、とにかくマクゲラン一味を見つけ出すことだ。

「殿下、こうなれば私も捜査隊に加えてください」

「わかった、今回の事件は陛下も心配している。人員を増やして指揮権は俺が持とう」

「そうしてください、マクゲラン一味を一刻も早くあぶり出します」

「すまないな、つい、お前を頼りにしてしまうよ」

ジャスティンはナサナエルからの信頼に応《こた》えるべく、決意も新たに拳をぐっと握った。

ナサナエルと恋人関係だと公表したからには、それを利用して犯人を追い詰めるしかない。

ナサナエルはヘタレだが、やるときはやる男だ。

特に戦いの場での指揮官としての有能さは折り紙付きだから、今回も彼が指揮するのであれば解決も早いだろう。

庭園を抜けて広間へ戻るナサナエルの後ろを歩いていく。

まさかその時の二人の様子が決定打となり、アメリアが盛大に勘違いをすることになるとは思いもしなかった。

◆

「ねぇジョイ。聞いて、今日はすっごく悲しいことがあったの」

アメリアは自宅のベッドに寝そべると、狼のぬいぐるみのジョイを手に持ち、いつものように話しかけた。毎晩寝る前にジョイとおしゃべりするのが日課になっている。

照れ屋で引っ込み思案な性格のアメリアにとって、ジョイは大切な友人だ。

今日は普段以上に着飾って参加した舞踏会だったのに、誰とも話すことができなかった。

ジャスティンの姿を見ることができたけど、彼の見たくない姿も見てしまった。

ぬいぐるみのジョイに語りかけることで、まるでジャスティンと会話している気持ちになれる。

立ち姿が凛《りん》として男らしくなった彼の姿を思い返しては、アメリアはいつかまたジャスティンが語りかけてくれるのを待っていた。

「でも、ジャスティンは私のこと、忘れちゃったみたい」

兄はひたすら「待て」と言うけれど、どれだけ待っても彼は目も合わせてくれない。

それどころか今夜の舞踏会ではナサナエルに真実の愛の相手だと名指しされ、夜の庭園では二人でキスをしていた。

そう、キスを……

もう、これ以上何を信じて待てばいいのだろうか。

「ねぇ、ジョイ……、ジョイとお話ができたら良かったのにね」

話すことができなくても、せめて本物の狼になってくれたらよかったのに。狼の毛を撫《な》でながら、喋りかけることができたら嬉しいのに。

そんな魔法があったら良かったのに……

そんな、ものに命を吹き込む魔法、魔法……

「あ、あったかもしれない！」

アメリアは飛び上がると、部屋の本棚の中にある魔法辞典を取り出した。

セリーナ王国では能力があれば、魔力を秘めた魔石を使って魔法を使うことができる。

生まれ持った才能が必要なため、使える者はそれほど多くないがアメリアはその能力を持っていた。

しかし、アメリアは何の訓練も受けていないので難しい魔法は使えない。

魔法使いと呼ばれるためには、それこそ何年にもわたり過酷な訓練を受けなければならない。

アメリアは苦労してまで魔法使いになりたいとは思わなかった。

なぜなら小さな頃から、アメリアの夢はジャスティンのお嫁さんになることだったから。

とはいっても、魔法に全く興味がなかった訳ではない。

護身術代わりに姿を消す魔法を覚えたが、それもほんの短い時間だけだ。

急に消えて、急に現れると気味が悪く思われてしまうから、親には万一の場合以外は使ってはいけないと言われている。

でも魔法を使えるのだから、もしかしたらジョイに命を吹き込む魔法もできるかもしれない。

「えーっと、どこだっけ」

魔法にもいろいろ種類がある。それらが記《しる》されているのが魔法辞典なる書物だった。

「あ、あった！」

そこには人形に命を吹き込むのは上級魔法だと書いてある。

アメリアは一番簡単な初級魔法でさえ習得するのに時間がかかった。これまで上級魔法を成功させたことはない。

「上級だけど、うん、やってみよう！」

辞典に書いてある説明では、命を吹き込む人形と魔法をかける人間の関係の深さによって、難しさが決まるとある。

ジョイとはもう六年も一緒に過ごしている、アメリアにとって大切な友達、いやそれ以上の存在だから可能性はあるかもしれない。

「えーっと、月の光を浴びさせて、魔法陣を描くのかぁ」

アメリアは魔法辞典を食い入るように読み始めた。

普段の就寝時間を過ぎても夢中になって読み進めていく。

何かに夢中になっていないと、ジャスティンのことを考え込んでしまいそうになる。

アメリアは込み上げてくる涙を堪《こら》え、休みなく本を読み続けた。

「また、アメリアは眠れていないのか？」

「お父様、そんなことはありません」

「だが、目の下にそんな隈《くま》をつくって、朝食も全然食べていないではないか」

アメリアは眠れない日が続いていた。この頃は夜になると魔法辞典だけでなく、ありとあらゆる魔法の本を読み漁っている。

さすがに寝不足がたたり、昨日は刺繍《ししゅう》をしながら針を指に刺してしまった。

今朝も青白い顔をして、一目で睡眠不足とわかる腫《は》れぼったい目をしょぼつかせている。

父親からも心配されるが本当のことを言うことができない。

ぬいぐるみを本物の狼にしたい、命を吹き込みたい。そんな魔法を実践したいと言えばきっと反対されてしまう。

とはいえ、ただでさえジャスティンとナサナエルがキスをしている場面が瞼《まぶた》の裏に残っていて、眠りに入ろうとすると思い出してしまい、時には夢にまで出てきて苦しくなる。

結局、魔法辞典を読むことに没頭していなくても睡眠不足になっていただろう。

「お父様、大丈夫です」

そう答えながらも、アメリアは切ないため息を漏《も》らした。

「父上、アメリアのことで話があります」

朝食が終わり、それぞれの部屋に戻る途中でクリフォードは父親に話しかけた。

「わかった、私の書斎で話そう」

二人は連れ立って書斎に入ると、重厚な扉に鍵をかけた。

「父上、ジャスティンとナサナエル殿下のことはお聞きになりましたか？」

「あぁ、新年の舞踏会だったな。殿下がジャスティンを恋人だと宣言したと聞いたが」

「えぇ、そうです。そして、あの後からです。アメリアの様子がおかしいのは」

クリフォードは浅く息を吐き、覚悟を決めて父親の顔を見上げた。

「父上、もうジャスティンを呼びましょう。アメリアと話をさせるべきです」

「だが、彼のほうからは何も言ってこないのだろう？」

「ですが、何か理由があるはずです。アメリアがジャスティンの番《つがい》であることは、父上もご存知ですよね」

「あぁ、これぱかりは覆《くつがえ》せない事実だな」

「獣人である彼が番《つがい》のアメリアを諦める訳がありません。アメリアが拒否したのであればともかく、アメリアもこの六年間、ずっとジャスティンを想い続けています」

「そのようだな」

父親のスティングレー伯爵は眉をひそめながら、思案するクリフォードを見た。

「クリフォード、お前はどう思う？」

「そうですね、殿下の恋人という噂《うわさ》は何か事情があると思います。この六年間、ジャスティンは父上たちから言われたことを忠実すぎるほど守り、アメリアと話をするどころか、視線も合わせないほど徹底して避けていました。それでもアメリアを想い続けています。僕にはうるさいほど、アメリアのことを聞いてきましたから」

「そうか、お前は彼と連絡をとっていたのか」

「父上、ジャスティンは本当によく耐えました。男の獣人が幼少期に番《つがい》に会うと、女性の身体が成長する前に襲ってしまうことがあると危惧《きぐ》していましたが、ジャスティンはアメリアに指一本触れていませんよ」

「う、うむ」

「僕に言わせると正直すぎるほど、約束をずっと守っています」

「うむ、そのようだな」

「もう、アメリアも成人したのですから、父上。いいかげん、二人を会わせてあげましょう」

「……っ、そうだな」

伯爵は押し黙ったまま、硬い表情を崩さずにソファーに腰かけた。

それを見たクリフォードも、向かい合う席に腰を下ろす。

二人は同時にため息を吐くと、どうすればアメリアが元気になるか、まずはそのことを話し合うことにした。

「クリフォード、確かアメリアは幼い頃、獣化したジャスティンが傍《そば》にいると寝つきが良かったな」

「そうでしたね。一緒に昼寝する姿をよく見ましたよ」

「アメリアはもふもふした動物が好きだからな」

「父上、まずは寝かしつけるために、ということでジャスティンを呼ぶのはどうですか？」

「そうか、その手があったか。だが、仮にも未婚の娘の部屋に彼を招くなど……」

「ジャスティンには、獣化したままでいるように伝えますよ。さすがに彼も、狼のままではアメリアに何もしないでしょう」

「それが守れればいいが……」

「父上、もうアメリアも成人しました。何かあったらそれこそ彼に責任を取らせれば済む話です。ジャスティンの両親にも伝えておけば、話は早いでしょう」

「それもそうか。……はぁ、時がたつのは早いものだな」

「えぇ、では僕から連絡するということで、よろしいですか？」

「あぁ、クリフォード、ジャスティンのほうはお前に任せよう。私はルーセル伯爵に連絡をとっておく」

父親の言葉に頷いたクリフォードは幾分か安心して立ち上がると、一刻も早く伝えようと部屋を出ていった。

残された伯爵はソファーに深く座り直すと額《ひたい》に手を当て、「アメリアも成人したからな」と、弱々しい声で呟いた。


「よし、できたわ」

今夜は折しも満月で月の力もたくさんある。アメリアは本の説明の通りに紙へ魔法陣を描くと、バルコニーの月の光を浴びるところに置き、中央にジョイを寝かせた。

「ジョイ、あなたと話せるのが楽しみだわ！」

アメリアは鈍く光る銀色の魔石を持つと呪文を唱え始めた。

ところどころ難しい発音の箇所があり、つっかえながらも最後までできた。

「あれ、魔石が光らない」

魔法を使う時、大抵の場合は魔石が熱を持つか光を放つのだが、今回はどう見ても魔石に変化はなかった。

「失敗しちゃったのかなぁ」

アメリアが夜空を見上げると煌々《こうこう》と月が輝いていた。

溢れるばかりの月の光をぬいぐるみのジョイは受けている。

「もう少し、待ってみようかな」

もしかしたら、月の力が足りないのかもしれない。呪文を唱え間違えた可能性もある。

一晩に一回しか魔法の効果はないと書いてあるから、やり直すこともできない。

冷たい風がサーッと吹いてきて、アメリアは思わず身体をぶるりと震わせた。

肩にかけていたショールをぎゅっと掴む。

「寒くなってきちゃった。部屋に入っておこう」

バルコニーに出るための窓を少し開けておいて、アメリアは身体を縮めながら部屋の中に入った。

屋敷の二階に位置するアメリアの部屋のバルコニーは広い芝生のある庭に面しており、高い木も近くにない。外からバルコニーに到達するのは至難の業《わざ》だ。

アメリアは窓をそのままにして、寝るための用意を始めた。

豊かな金髪をブラシで梳《す》き終わると、肌に化粧水をつける。

いつもはぬいぐるみのジョイを枕元に置いておしゃべりをするのに、今日はまだバルコニーに置いてある。

取りに行こうか、もう寝てしまおうかと思ったところで、カタン、と窓が開く音が聞こえた。

「風で開いたかな？」

さすがに寝る時間に開けたままでは不用心だからと振り返ると、そこには月の光を受けて青銀の毛をなびかせる狼がいた。

(狼！)

小さな頃に見た、まだ子どもの狼と違い、身体はアメリアよりも大きい。

鳴くことも、吠えることもなく部屋にそっと忍び込んでくる狼を、アメリアは息を止めて凝視《ぎょうし》した。

「ジョイ！」

「ワフォ？」

アメリアは名前を叫ぶと嬉しそうに顔をほころばせ、手を広げて近寄っていく。

「ジョイ！　ジョイ！　あぁ、嬉しい、ジョイが生きている！」

膝を屈《かが》めてアメリアは狼の首をしっかりと抱きしめた。

そして毛の中に顔を埋《うず》めると、そのもふもふとした毛ざわりを確かめる。

「ジョイ……、お日様の匂いがする」

「ワォン」

「ふふっ、鳴き声も素敵。私のジョイ、とってもお利口さんみたいね」

突然部屋の中に入ってきた狼を恐れることなく、ジョイと呼んで抱きしめる。

アメリアは嬉しさを抑えきれない様子で屈託のない笑顔を見せた。

「嬉しい、ジョイ。私でも上級魔法が使えたのね」

「ワフォ？」

「私でも頑張れば、できるんだ！」

強く首を抱きしめたまま、アメリアは顔中をくしゃくしゃにして泣き笑いをする。

さっきまで青白い顔をしていたのに、一気に頬を紅潮させて喜んだ。

「ジョイ、私のジョイ！」

「ワォン」

狼は戸惑いながら何度も目をしばたたいた後で、アメリアを気遣ってか小さく吠えた。

しばらくすると、落ち着いてきたアメリアは鏡台からブラシを持ってきて狼の傍《そば》に座った。

「ジョイ、今からブラッシングしてもいい？」

「クゥーン」

狼はまるでアメリアの言葉を理解しているみたいに、足を折って床に寝そべった。

背を撫《な》でてブラシをかけ始めると、気持ちいいのか狼は目を細める。

「ふふっ、夢だったの。こうして狼にブラシをかけるの。ジョイ、気持ちいい？」

「グルルゥウ」

気持ちいい、と答えるように狼は喉を鳴らした。

目を閉じてじっとしつつも、しっぽをパタパタと振って喜んでいる。

「今度、獣毛ブラシも用意しなくっちゃね。ジョイのために何が必要かなぁ？」

アメリアはブラッシングを終えると、再び狼の毛を手で撫《な》で始めた。

「ねぇ、ジョイ。私、あなたがこうして来てくれてすごく嬉しいの。あなたの温《ぬく》もりがあれば、嫌なことを思い出さないで眠れそうな気がする……」

「ワォン」

「ふふっ、ジョイもそう思ってくれるの？　じゃ、ベッドに行こう」

立ち上がったアメリアに従い狼もスッと立ち上がった。

アメリアの後をついて歩いていたが、いざ寝室に入ろうとしたところで狼は立ち止まってしまう。

「ジョイ？　どうしたの？」

何か悩んでいるのか、その場でぐるぐると円を描いている。

アメリアが「おいで」と言った途端、ぴたりと動きを止めた狼は迷いを捨てたのか、金色の瞳をキラリと光らせ手を広げて待っているアメリアのほうへ駆け寄った。

「ワォォオン」

「きゃぁっ、ジョイ！　もうっ」

勢いをつけて飛びついてきた狼と一緒に、アメリアはベッドに倒れ込んでしまった。

狼は寝ころんだアメリアの上に跨《またが》ると、顔を近づけてくんくんと匂いを嗅《か》ぎ始める。

「ジョイ？　もう、そんなところの匂いを嗅《か》いじゃダメだよ、くすぐったいよ」

しっとりと濡れた黒い鼻をアメリアの耳もとに近づけて、首筋の匂いを念入りに嗅《か》いでいる。

次第にハァハァと息を乱した狼は長い舌を出して、ぺろりとアメリアのうなじを舐めた。

「きゃっ」

そのぬるりとした感触に、思わず声を上げてしまう。

狼はアメリアが抵抗しないのを見て、再びうなじの匂いを嗅《か》ぎ始めた。

「ジョイ、もう終わりだよ。ほら、一緒に寝よう」

狼を避けながら寝具の中に入ったアメリアは、狼も一緒に入るように促した。

「ワォン」

まるでアメリアの言葉を理解しているかのように返事をする狼が嬉しい。

アメリアは寝具の中に入ってきた狼の胴体をギュッと抱きしめた。

「ジョイ、大好き！」

アメリアが顔を埋《うず》めると狼も静かに身体を伏せた。

もふもふとした毛の感触を確かめ何度も手で毛を梳《す》いていたが、その動きがぱたりと止まる。

アメリアはすー、すーっと静かな寝息をたてていた。

◆

昼間、アメリアの兄のクリフォードが突然騎士団の詰所に来たかと思うと、「狼姿でアメリアを寝かしつけてほしい」と言い始めた。

どうやらアメリアは夜に眠ることができず、このままでは倒れてしまうかもしれないという。

「だが、スティングレー伯爵に見つかったら問題になる」

「大丈夫だ、父上も了承済みだ。ジャスティン、良かったな。ようやくアメリアと会うことができるぞ」

「……それは、本当なのか？」

「あぁ、アメリアももう成人したことだし、お前が嫁にもらってくれるなら我が家はいつでも歓迎だ」

「クリフォード！」

ガタン、と音が鳴るほどの勢いで立ち上がり、目を見開いてクリフォードを見る。

すると彼も立ち上がり手を差し出した。

「ジャスティン、長かったな。お前はよく耐えたよ。相手が妹だから複雑な気分だが、とにかく良かった。これで俺はお役ごめんだな」

「あ、あぁ、クリフォード！　世話になった」

両手を添えて握手をすると、長い冬が終わりを告げて春が来たことに嬉しさが込み上げてくる。

これまでクリフォードにはアメリアの様子を逐一報告してもらっていた。

彼女からの手紙が来なくなってからは特に、アメリアがほかの男にこころを寄せていないか気になって仕方がなかった。

その不安を払拭《ふっしょく》できたのは、クリフォードがくれる情報のおかげだった。

彼にはいくら感謝してもしたりないくらいだ。

喜びにこころが震えるが、これで問題が全て解決した訳ではない。

「ジャスティン、ところでナサナエル殿下のことだが」

「クリフォード、言うな。少し時間はかかるが、大丈夫だ」

「そうか、やはり何か事情があるんだな。いや、これ以上は聞かないでおくよ」

「すまない、そうしてくれると助かる」

マクゲラン一味の手がかりは少ないが、必ず確保してみせる。

この事件が解決すれば、殿下の恋人役という茶番もすぐに終わる。

クリフォードはアメリアが自分の番《つがい》であることを知り、長年協力してくれていた。

だからこの恋人役が嘘であることを見抜けたのだろう。

その上で、アメリアの詳細な様子を伝えてくれた。

「とにかくアメリアは今、かなり寝不足になっている。どうにかして寝かしつけたくて、お前を思い出したんだよ。覚えているか？　幼い頃、狼姿になったお前が隣に寝そべると、アメリアがすぐに昼寝したことを」

「あぁ、もちろん覚えている」

彼女の匂いも体温も全て、この肌で覚えている。

番《つがい》であるアメリアが隣で寝ている幸せを、忘れることなどできない。

「昼間は難しくても、夜に狼姿でアメリアの部屋に忍び込んで、あいつを寝かしつけてくれ」

「……本当に、いいのか？」

「お前以外にこんなことを頼める奴はいないよ、そうだろう？」

「あ、あぁ。ほかの男がしたら、その者に未来はないな」

「まぁ、僕はジャスティンを犯罪者にはしたくないからね。よろしく頼むよ、未来の義弟」

クリフォードはニカッと笑うと、後は頼んだよ、と言って帰っていく。

思いがけない内容すぎて、すぐには信じられないが、わざわざクリフォードが出向いてきたからには、スティングレー伯爵が認めてくれたのは本当なのだろう。

ジャスティンは両方の拳をきつく握ると、「よしっ」と言いながら小躍りせんばかりに喜んだ。

夜にアメリアを訪問するとして、彼女に会うのは六年ぶりだ。

夜会で見かけるたびにその姿を目で追っていたが、話しかけることも目を合わせることもしなかった。

アメリアに婚約を申し込んだときに両親に約束させられた。

アメリアが成人して伯爵の許しが出るまでは接触しないことを。

——だが、それも今夜までだ。

ジャスティンが滾《たぎ》る想いを胸に午後の訓練に参加すると、彼の後ろには生ける屍《しかばね》となった騎士が続出したという。

クリフォードに寝かしつけに来てほしいと言われたが、本当にアメリアの部屋に入れるか不安だった。

獣化した姿であれば二階のバルコニーには簡単に上《のぼ》ることができる。ジャスティンが胸を弾ませて二階に上がると、部屋に入るための窓が少し開いていた。

(本当だ、本当に部屋に入ることができる！)

喜び勇んで窓から身を滑らせて中に入ったところ、アメリアがネグリジェ姿でそこに立っていた。

「ジョイ！」

頬を紅潮させたアメリアがジャスティンを違う名で呼んだ。

一瞬、誰と間違えているのかわからず焦ってしまう。

「ワフォ？(誰だ？)」

ジョイ、ジョイ、と記憶をたどり、そういえば以前、狼のぬいぐるみをジョイと名付けたと手紙に書いてあったことを思い出す。

(だが、私のことをぬいぐるみの名で呼ぶのはなぜだ？)

疑問はアメリアの放った言葉から解消された。「私でも上級魔法を使うことができた！」と喜んでいる。

きっと、ものに命を吹き込む魔法を試したのだろう。

たまたま、そこに狼となったジャスティンが来たために上級魔法が成功したと勘違いをしている。

(まいったな……)

これでは、実は狼姿のジャスティンだと名乗ることができない。

だが、喜んでいる彼女を見ているだけで嬉しくなる。

それにいきなり訪ねて来たことを驚かれるよりは、いいのかもしれない。

アメリアが抱きついてきただけで脳が痺《しび》れる。

ネグリジェ姿の彼女から、石鹸《せっけん》の匂いと番《つがい》特有の官能的な匂いが押し寄せてきて、ジャスティンは動けなくなった。

(それに、この柔らかい感触が……いい……)

低い背に似合わず大きな胸が、ジャスティンの肌に触れている。

これまで肌の触れ合いを許した女性はいなかったから、驚くほどに柔らかい胸の感触に全身が喜んでいる。

体中を巡る血が沸騰《ふっとう》するようだが今は狼の姿のため、激情のまま触れて、鋭い爪でアメリアの肌を傷つける訳にはいかない。

獣姦をする獣人もいるが、そんな痛々しいことをアメリアに強《し》いるつもりはなかった。

ジャスティンが希望通りに寝そべると、アメリアは今度はブラシをかけてグルーミング、毛づくろいを始めた。

（あぁ、気持ちがいい）

アメリアは狼獣人が毛づくろいを許すのは番《つがい》だけだということを、知らないのだろう。

無邪気にブラシをかけるアメリアの手が、ジャスティンに言いようのない快感を与えてくれる。

（このまま、ずっとアメリアと一緒にいたい）

これまで抑えてきた欲求が高まるが、アメリアの顔は青白く目の周りはくぼんでいる。

寝不足と聞いていたものの、ここまで体調を悪くしているとは思わなかった。

（アメリアは早く休んだほうがいいな）

その思いが通じたのか、アメリアはブラッシングを終えるとジャスティンに「ベッドに行こう」と誘ってきた。

だが、寝室に入る前に思わず足が止まる。

まだ結婚していない女性と共に寝室に行くことは、ジャスティンにとって戸惑いのほうが大きい。

それでも手を広げて迎えてくれるアメリアを見た途端に理性がプチッと切れてしまう。

アメリアを押し倒す形となり興奮で頭が茹《ゆ》で上がる。

うなじから放たれる番《つがい》の魅惑的な香りに引き寄せられ、何度もアメリアの匂いを嗅《か》いだ。

それだけでは飽き足らず、うなじを舐めて自分の匂いをこすりつける。

（もっと自分の匂いを馴染《なじ》ませて、アメリアは私のものだと知らしめたい）

番《つがい》への欲望は尽きないが、アメリアも休む時間が必要だ。

そもそも、彼女を寝かしつけるために狼となってこの部屋に来た。

ジャスティンが隣で座り込むと、アメリアは狼を抱いて体温を確かめる。

毛並みを梳《す》いていた手はすぐに止まり、寝息をたてて眠ってしまった。

嬉しいような、残念なような、何とも言えない気持ちになるがもう戻る時間だ。

(アメリア、ようやく君に会えたよ)

アメリアの寝室で、隣にいる彼女の寝顔を見ながらジャスティンは幸せを噛みしめた。

寝入ったのを確認すると、ジャスティンは寝具から出てトンッと床に飛び降りる。

本物のジョイを探そうと辺りを見回すが、狼の姿のままでは難しい。ジャスティンは顔を上に向けると全身に力を入れ、獣毛をフルッと震わせた。すると獣化していた身体が人間に戻る。

「はぁ、狼姿だと喋ることができないのが辛いな」

本当は彼女が落ち着いたところで獣化を解き、話をしようと思っていた。

狼のままでは鋭い爪で彼女を傷つけてしまいそうで、触れることも抱きしめることもできない。

せっかく六年ぶりに会えたというのに、謝ることも会話もままならない。

ナサナエルのことで誤解があればすぐにでも解きたかった。

そして許しを乞い、どれだけ愛しているかを伝えたい。だがアメリアは自分のかけた魔法が成功したことを、ことのほか喜んでいたからジャスティンは人の姿に戻ることを躊躇《ちゅうちょ》した。

今は狼の姿で会うほうがアメリアのためになる。

そう判断したが、本能は彼女に触れたいと暴れている。

今すぐ彼女をさらって、密かに準備している新居に連れて行き愛を交わしたい。

その想いに蓋《ふた》をすると、ジャスティンは立ち上がり、すたすたと歩いてバルコニーに出る窓を開けた。そこには月の光を浴びる小さなぬいぐるみが置いてある。

六年前にジャスティンがアメリアに贈ったものだ。

「これだな」

魔法陣の上に置かれたジョイを手に持つと、アメリアの匂いが染みついている。

毎晩ぬいぐるみと一緒に寝ていると聞いていたから、不思議ではない。

ジャスティンが贈ったものを大事にしていたとわかり、嬉しさが込み上げてくる。

アメリアはずっとジャスティンを待っていたことを改めて思い、腰の辺りに血が集まってくる。

ただでさえ、番《つがい》の匂いが充満する部屋にいた身体は興奮しやすくなっていた。

ここに来る前に獣人用の抑精剤を飲んできて正解だった。

ふーっと息を吐いて、気持ちを落ち着かせると、ジャスティンはぬいぐるみを持ち、また部屋の中に入って寝室へ向かった。

「アメリア……、愛しい番《つがい》」

人間姿のジャスティンはアメリアに顔を近づけ、うなじに唇をそっと当てた。

明日の夜もここに来ればアメリアに会える。

今は睡眠不足で弱っている心身を十分に癒《いや》してほしい。

「今夜はゆっくりと、休んで」

優しい目をアメリアに向けてジャスティンは微笑むと、ジョイをその枕元に置いた。

寝室を出て再び獣化し、足音を立てずに部屋から出る。

二階の高さをものともせずにバルコニーから飛び降りると、闇夜に紛《まぎ》れて走り去っていった。

◆

次の日の朝、アメリアは射し込んでくる光を受けて目を覚ました。
久しぶりにぐっすりと眠れて、気分がいい。
「うぅん……、あ、ジョイ、ぬいぐるみに戻っちゃった」
枕元にはぬいぐるみのジョイがいる。
せっかく命を吹き込む魔法が成功したのに、一晩しか効力がなかった。
(もっと、ジョイと触れ合いたかったのに)
寂しさが胸に迫るが、月の光の力がないと生きた姿を保てないのかもしれない。
また今夜も月が出たら魔法を試してみよう。
一度成功したのだから、きっと今夜も会うことができる。
ジョイをそっと手にとると、昨晩の狼の毛の感触が肌に蘇《よみがえ》る。
「でも、久しぶりにゆっくり寝ることができたわ」
ジョイに軽く唇を当てたアメリアは、ジョイを棚の定位置に置いた。
昨夜は嫌なことを思い出すこともなく深く眠ることができた。

（ありがとう、ジョイ）

アメリアは狼となったジョイを今夜も抱きしめようと、こころに決めた。

いつものように朝食の席に着くと、食卓に座る家族全員がアメリアの顔色を見てホッとしている。

「おお、アメリア、おはよう。昨日はよく眠ることができたかい？」

「え、ええ。お父様、夕べはよく眠ることができました」

「アメリア、顔色も随分と良くなったわね」

「お母様、気分も良いので今日は刺繍《ししゅう》の続きをしますね」

家族と会話を楽しみつつ、アメリアは「そういえば」と話し始めた。

「夕べ、実は上級魔法を試してみました。そうしたら、ジョイに命を吹き込む魔法に成功しました」

「な、なにっ？　上級魔法だと？」

「ええ、お父様。私も驚いたのですが、ぬいぐるみのジョイと私の絆《きずな》が強かったおかげで成功しました。だから、夕べは狼になったジョイが私を寝かしつけてくれたんです」

「……狼になった、ジョイ？」

「はい、ぬいぐるみのジョイです」

「……」

父親とクリフォードは互いに顔を見合わせた。

アメリアはどうやら、ジャスティンのことをぬいぐるみと勘違いしている。

「それで、その狼は今どうしている？」

「はい、朝になるとぬいぐるみに戻っていました。多分、夜になって月の光がないと魔法が完成しないのだと思います」

「そうか、狼は悪さをしなかったか？」

「え？　悪さですか？　とんでもない！　ジョイはとってもお利巧でしたよ。寝るときに抱きしめると、モフモフして本当に気持ち良くてすぐに寝ることができました」

「そ、それは良かったな」

「はい、とっても良かったです」

屈託なく笑うアメリアを見て、父親とクリフォードは互いを見合うと何とも言えない顔をした。

「……父上、この調子であれば、ジャスティンも何もできないでしょう」

「あ、あぁ、これはこれで安心だな」

二人はひそひそとアメリアに聞こえないように会話すると、その日の朝食を終えてナプキンで口元を拭いた。

部屋に戻るところで、アメリアはクリフォードに引き留められた。

「アメリア、最近その……、ジャスティンとは話をしていないのか？」

「お兄様。相変わらずです、目も合わせてくれなくて」

「そうか。ナサナエル殿下のことはお前もショックだったよな」

「えぇ」

「あまり思い詰めるなよ。きっと理由があるはずだ」

「……そうでしょうか」

アメリアはぼそりと呟いた。クリフォードは二人がキスしている場面を見ていないからそう言えるのだろう。

つい暗い思いに気持ちが引きずられそうになるが、クリフォードはそんなアメリアを励ますように話を続けた。

「あー、なんだ。その、ジャスティンのいる宮廷騎士団が一時的に警備団の詰所で働くことは聞いたか？」

「いえ、知りませんでした。そうなのですか？」

「あぁ、午後にその詰所に用事があって行くんだが、お前も一緒に外出してみないか？」

「詰所にですか？」

「午後は鍛錬をしていることが多いから、ジャスティンの姿を見られるかもしれない」

「でも、邪魔になるのでは」

「大丈夫だよ、俺のお供なら。あと何か差し入れでもすれば、騎士達も喜ぶはずだ」

「お兄様、わかりました」

きっとクリフォードなりの気遣いなのだろう。

アメリアが一途にジャスティンを慕《した》っていることを優しい兄は知っていて、時にこうして姿を見る機会を与えてくれる。

遠目にでもジャスティンを見ることができれば嬉しい。

アメリアは沈みがちな気持ちを奮《ふる》い立たせ、差し入れを何にしようかと考え始めた。

第二章

「どうした、ジャスティン。今日はやけに機嫌が良いな」

ジャスティンは朝の鍛錬で汗を流したところでナサナエルに声をかけられた。

いつもは不愛想な顔で黙々とメニューをこなしているが、今日はどこか浮足立っている。

走り終わった後に夕べのことを思い出し、一人でニタッと笑ってしまった。

「いえ、なんでもありません」

「そんなことはないだろう。さっきから、顔がニヤついているぞ」

「……すみません」

昨夜、六年ぶりに番《つがい》のアメリアと触れ合うことのできた喜びで力が漲《みなぎ》っている。

ふとした瞬間に、可愛い寝顔を思い出しては頬が緩んでしまう。

ジャスティンは気合を入れ直そうと、頬をパンッと叩いた。

ナサナエルが陣頭指揮を執《と》るため、市中警護を主とする警備団と宮廷騎士団の合同捜査隊が臨時に組まれることになった。

警備団の詰所に宮廷騎士団の騎士が配置されるが、もともと二つの組織は馴染みが薄い。

一緒になってマクゲラン一味の足取りを追い始めたものの、連携するのは簡単ではなかった。

（やはり警備団は一筋縄ではいかないな）

午後からの会議に参加したジャスティンは部屋の窓から外を見た。

王都の中心部に位置する詰所は治安を守る砦《とりで》でもある。

夜間も当たり前に働く警備団が出入りする建物は、王宮とは違い余計な装飾もなくシンプルだ。

コの字型の建物の中央は広場となっていて、午後の時間は手の空《あ》いた騎士たちがそれぞれ鍛錬をしている。

一見豪華な騎士服の宮廷騎士団と、市中を巡回するために余計な飾りのない制服を着た警備団は見事に分かれて動いている。

ナサナエルが取り組むべきは、まずは二つの組織の連携だろう。

多少手荒なことが必要になるかもしれないが、王太子である彼に怪我をさせる訳にはいかない。

ナサナエルが十分強いことは知っているが、荒事となれば自分が代理として表に立つことになる。

ジャスティンは仕方がない、とばかりにふぅと息を吐いた。

脅迫状が届くという、キャサリンの件と類似した事件が王都だけでなく、周辺の街でも増加していることがわかってきた。

誘拐を主とする犯罪組織のマクゲランの関与が疑われる。

だが、キャサリンを狙う意図は果たして単なる身代金目的なのか、王太子妃の存在を消したいのか、オルコット公爵への私怨《しえん》か。未だはっきりと掴めていない。

一方、キャサリンは自宅に引きこもっているが、これまでのところ脅迫文は送られていなかった。

安心するのはまだ早いが、できればこのまま、何ごともなく過ごしてほしい。

ジャスティンとナサナエルは、会議が終わると二人で話すために部屋に残る。

扉を閉めると、増員した騎士で溢れかえる詰所とは思えないほど静かになった。

「殿下、犯人はキャサリン様から狙いを外しているといいのですが、まだ油断できませんね」

「そうだな。騙《だま》すためにも、まだしばらくはお前との恋人関係を続ける必要がありそうだな」

「恋人関係のふりです」

ギロッとした目でナサナエルを睨《にら》んでしまうが、彼も彼で悪びれずに返事をした。

「あぁ、もうしばらく恋人役を頼む」

「はぁ、仕方ありませんね。ですが、マクゲランの狙いが掴めないのは問題ですね」

「どこかの貴族が裏で絡んでいるのは、間違いないだろうな」

今回キャサリンを名指しで脅迫しているのは、何かしらの意図があるのだろう。

一番疑わしいのは彼女をナサナエルの婚約者の座から引きずり下ろし、ほかの令嬢を代わりに宛《あ》てがうためと思われる。

だが、その方面で思い浮かぶ貴族も絞り切れていない。捜査は続くが、今の課題は連携だ。

ナサナエルも会議室の窓から腕を組んだまま、外を見ている。

二つの組織がうまくいかなければ、早々に捜査にも支障が出るだろう。

「殿下、警備団と宮廷騎士団の足並みがやはり揃わないですね」

「そうだな、元々平民の多い警備団と、貴族の宮廷騎士団とでは無理が大きかったか」

「警備団は、どうしても腕っぷしで判断するところがありますからね。宮廷騎士は容姿だけで選ばれていると思っているようです」

「それも問題だな」

「えぇ、近々開催されるオルコット公爵家での舞踏会の警備にも、支障が出るかもしれません」

「オルコット公爵家か、まずはキャサリンの安全確保だな」

「しばらくキャサリン様には宮廷騎士団から護衛を充《あ》てる予定です。ですが念には念を入れて舞踏会の日には警備団からも派遣しましょう」

「そうだな、そのほうが安心だな」

二人が部屋から出ると、騎士たちの騒々しい声が聞こえてくる。

どうやら訓練用の広場で喧嘩《けんか》が始まった様子だ。

宮廷騎士団の一人が慌てた様子で走ってきて、ナサナエルに報告をする。

「殿下、申し訳ありません。警備団の一人が我々に言いがかりをつけてきまして。彼らは我々を認めたくないのか、勝負しろと騒いでいます」

「なに？　それで状況は？」

「はい、警備団は腕に覚えのある者が多いのか、今にも乱闘が始まりそうな雰囲気です」

「わかった、ジャスティン。行くぞ」

「はい、殿下」

ジャスティンとナサナエルが広場に行くと、そこは警備団と宮廷騎士団の騎士たちが勢ぞろいして互いに睨《にら》み合っていた。

間の悪いことに、彼らを率《ひき》いている警備団長が留守にしている。

「お前たち、どうした？　この騒ぎは何だ」

ナサナエルが姿を現した途端、その場は静まり返るが、警備団員は不満が燻《くすぶ》った表情をしている。

ナサナエルは空気を読み、そこにいる全員に向けて声を張り上げた。

「文句がある奴は言ってみろ！　発言を許す！」

周囲がざわりとし始めた。赤髪の苛烈な王太子『炎の王子』の二つ名を持つナサナエルのひとことが響き渡ったからだ。

宮廷騎士団は普段からナサナエルの指揮下にいるが、警備団は高貴なる雲の上の存在である王太子の姿しか知らない。

いきなりそんな人物から発言を促され、戸惑っている者が多いのか互いに顔を見合わせているけれど、その中の一人が声を上げた。

「殿下、我々は宮廷騎士団の実力を知りません。それなのに捜査を一緒にしろと言われても、信用できません」

「そうか、よく言った。では、宮廷騎士団の実力を見せることにしよう。おい、ジャスティン！」

「はっ、殿下」

ナサナエルに呼ばれたジャスティンは、青銀の髪をなびかせながら冷静な表情をしている。

王太子の傍《そば》に控え、この先の展開を予想して腰に帯びている剣をその場に置いた。

「警備団で、腕っぷしの強い奴は誰だ？　このジャスティンと勝負する勇気のある奴は前に出ろ！」

警備団は王太子の煽《あお》る声を聞き、意外なことが始まったと動揺していたが、中でもひと際立派な体格をした熊獣人のイアンが、身体を揺らしながら前に出てきた。

「イアン！　いけっ」

「お前がガツンとやってやれよ！」

囃《はや》す声を聞くと、どうやら彼が一番強い者として警備団では認識されているようだ。

「俺が勝負してやるよ。なに、貴族のお坊ちゃんなんかにこの俺が負けるわけがねぇ」

「いいだろう、お前が相手だな」

ジャスティンは名乗り出てきた相手を観察しつつ飾りのついている上着を脱ぎ、さらにシャツまで脱ぎ捨てた。

服の上からではそうとはわからない強靭《きょうじん》な筋肉質の身体が現れる。長い足はいかにも敏捷性《びんしょうせい》を兼ね備えていそうだ。

手には怪我除けのためのテーピングをしていたが、それを噛みちぎると広場の中央まで行きイアンと睨《にら》み合う。

二人を団員たちが円形に囲んで野次を飛ばしている。

この場を収め二つの団を統率するには、実力を証明するのが一番わかりやすい。

気合を入れるようにジャスティンは胸の前で拳を握った。

騎士の本領は剣闘だが、仲間内での小競《こぜ》り合《あ》いは道具を使わないのが暗黙のルールとなっている。道具を使わなければ、ただの喧嘩《けんか》として処理できるからだ。

そして喧嘩《けんか》の基本は殴り合いだ。

ようするに、拳と拳を突き合わせるほうが、手っ取り早い。

ジャスティンは腹から力が湧き上がってくるのを感じていた。

これまでにない感覚は、夕べ番《つがい》のアメリアに触れたことで、気力が漲《みなぎ》っているからだ。

本来ならば番《つがい》に向けて発散したいエネルギーを拳に込める。

周囲に煽《あお》られイアンも上着を脱ぎ捨てると、異様なほど筋肉の盛り上がった腕と胸をさらし、上背のあることを誇示しながらジャスティンを見下ろす。

「おもしれぇ、やってやろうじゃねぇか」

呟きながら唾をペッと吐いて両方の拳を握ると、じり、じりとお互いに相手の様子を窺《うかが》う。

どう見ても身体が大きく目つきの悪い熊獣人のイアンが、一方的にジャスティンを打ちのめすものと警備団の誰もが思っていた。


その時、詰所に到着したアメリアとクリフォードは、差し入れに持ってきたワッフルを受付に預け、近くにいる警備団員たちが話しているのを耳にした。

「おい、今からイアンと宮廷騎士団の一人が拳闘するって話だぜ」

「本当か？　イアンって、あの熊獣人のイアンだろ？　そいつも命知らずな奴だな」

「あぁ、それも王太子が煽《あお》ったって話だぞ。喧嘩《けんか》で勝負つけようって、あの王子も只者《ただもの》じゃねぇな」

「見てみろよ、騎士のほうは上半身裸になってらぁ」

「お貴族様がすげぇやる気だな、見に行くか」

二人は顔を見合わせると、話をしていた警備団員の後を追い、早足で歩く。

「お兄様、もしかして相手って、ジャスティンなのでは」

「そうだな、その可能性はある。なんと言ってもジャスティンは狼獣人だからな。獣人相手に素手で戦わせるなら、獣人に限る」

そうして広場に着いた二人は、人込みの少ないところから、中央にいるジャスティンとイアンを見た。

嫌な予感はやはり当たっていた。

イアンは熊獣人の自分が負けるわけはないとばかりの様子で、咆哮《ほうこう》のごとく「うぉおおぉ」と叫び始めた。

相手が怯《ひる》んだところで力まかせに殴りかかるのが常なのか、周囲にいる警備団員は耳を塞ぐ。

だが、いくら咆哮《ほうこう》してもジャスティンは表情を変えずにいた。

焦ったイアンはジャスティンの腹を狙い右の拳を突き出した。

けれどすぐ左に避けたジャスティンによって拳は空《くう》を切り、地響きを立てて地面にめり込んだ。

「へっ、少しはやるようだな」

「減らず口はそこまでにしろよ」

獲物を狩る狼のごとく、ジャスティンは金の目を光らせて相手を睨《にら》む。

二人の獣の放つ怒気を感じた騎士たちは次第に静まり返っていった。

イアンは地面から拳を抜いて体勢を戻すと、目の色を変えてジャスティンに二つ三つ続けざまに拳を放った。

右も左も使い、速いストロークで次々と拳を繰り出していく。

ジャスティンは冷静に拳を避けながら、タイミングを待つ。一発でも受ければダメージは大きい。

ジャスティンが逃げてばかりいる姿に、警備団員たちは思いきり小馬鹿にする野次を飛ばした。

「おい！　避けてばかりいないで戦えよ！」

「逃げるなら、今のうちだぞ！」

その嘲笑《ちょうしょう》する声を聞いてもジャスティンは気にもせず集中していた。

そしてイアンが拳を打ち抜いた隙《すき》に、左の拳を繰り出したが寸でのところで避けられてしまう。

息を整えながら二人はまた向かい合った。

するとその時、ジャスティンの目の端にふわりと金色の髪を風に揺らす女性の姿が映る。

まるで可憐な花がひっそりと咲くような姿は、恋しくてたまらないジャスティンの番《つがい》だ。

彼女の顔を見ただけで、心臓がドクリと高鳴る。

（アメリア！　なぜここに！）

一瞬、ジャスティンの動きが止まると、隙《すき》を見逃さなかったイアンがすかさず右の拳をジャスティンの腹に当てた。

「ぐぅっ」

「へへっ、女によそ見してんじゃねぇよ」

重い拳を受け、思わず腹を抱えるジャスティンを嘲笑《あざわら》うイアンは、ちらっとアメリアのほうを見た。

「けっ、男色のくせに女も好きなのか？　安心しな、お前が倒れた後にでも可愛がってやるよ。いい胸をしてそうだしな」

「……お前、今のことばを後悔するなよ」

唸《うな》るように低い声で言い放ちながら再び立ち上がったジャスティンは、さっきとは比べものにならないほどの怒気をまとっていた。

番《つがい》のアメリアを慰《なぐさ》み者にすることばを聞いたからには、ただでは済まさない。

ジャスティンはイアンを睨《にら》みつけ、ふつふつと湧き上がる怒りをむき出しにした。

「来いよ、熊野郎」

ジャスティンは右腕を前に出すと、手のひらを上にして相手を招くように指を揃えてくいっと手前に折る。相手を煽《あお》る仕草だ。

普段の高潔な雰囲気の姿からは想像できない、その挑戦的な姿に騎士たちがどよめいた。

「よく言うぜ、狼がいきがってんじゃねぇよ」

イアンは足を強く踏み込むと、全体重をかけてジャスティンを叩き潰すように拳を打ち下ろした。

大きな体躯を活かしたイアンの攻撃を、ジャスティンはその場に屈《かが》んで避ける。

そして次の瞬間に立ち上がり、勢いをつけて素早く右の拳をイアンの顎《あご》をめがけて突き上げた。

どさり、とカウンターをくらったイアンが後ろに倒れ込む。

その場にいた騎士たちは一瞬のことに目が追い付かず、何が起きたのかと顔を見合わせた。

ジャスティンが勝負に勝ったのは明らかだった。

「チッ、一発で倒れてしまったか」

誰しもが予想外の結果に騒然となり、ジャスティンの呟きはかき消されるが、そこに王太子の声が朗々《ろうろう》と響いた。

「いいか！　警備団。貴族だろうが、強いヤツは強い。俺たちは今、市民を脅《おびや》かすマクゲラン一味を捕獲するために集まっている！　そこに貴族も平民もない。納得できた奴から、自分たちの与えられた配置につけ！」

結局その場を収めたのは王太子であるナサナエルだった。

陣頭指揮を執《と》る彼のことばに、大方の警備団は素直に従っていく。

残っていた面々も、気絶しているイアンを医務室に運ぶ宮廷騎士団員を見て、おのおのの持ち場へと動き始めた。

その様子からして、今後宮廷騎士団に歯向かうことはないだろう。

「ジャスティン、よくやったな」

「殿下。お役に立てて良かったです」

「全く、頼りになるよ。お前は」

これで協力し合う基盤ができただろう。ジャスティンの肩を抱いて歩くナサナエルは上機嫌で、彼の脱いだシャツと上着を持ち「ホラ、着ろよ」とかいがいしく世話をしている。

ジャスティンはあざのできた腹をさすりながら周囲を見回すが、もうそこにアメリアはいなかった。もし仮にいたとしても、王太子がいる手前、おおっぴらに声をかけることはできない。

しかし、また今夜狼となって会うことができる。そう思うとジャスティンは腹の痛みも忘れるほどの嬉しさが込み上げてくる。今なら誰と闘っても勝つ自信があった。

夜になってジャスティンは獣化してアメリアの屋敷に来ると、カタン、と器用に窓を開いた。

すると、アメリアは髪を梳《す》いていたブラシを置いて急いで窓際に駆け寄ってくる。

「ジョイ！　良かった！　今夜も成功したのね！」

アメリアはベージュのネグリジェを着て、長い髪をそのままにして下ろしている。

狼となったジャスティンは彼女の足元に近寄ると、身体を足に擦《こす》りつけた。

「クゥウン（アメリア、来たよ）」

「ジョイ、今夜も成功したのね、嬉しい」

「ワォオン（ジャスティンだよ）」

アメリアはジャスティンの首もとをぎゅっと抱きしめ、青銀のふさふさとした毛の中に顔を埋《うず》めた。

「ふふっ、やっぱりお日様の匂いがする」

アメリアは頬をすり寄せて匂いを嗅《か》いだ。

狼獣人にとっては求愛行動だが、アメリアはそれを知らない。

無邪気に鼻を擦《こす》りつけてくる番《つがい》の求愛行動に、ジャスティンの本能が刺激される。

「ワフォ（もうダメだ）」

「こら、逃げない」

これ以上はまずいと思い、アメリアが顔を近づけてくるとジャスティンは顔を反らした。

アメリアはその仕草を見て「可愛い、可愛い」と言って狼の大きい口を怖がることなくキスをした。

唇をつけた途端、ジャスティンはビクッと身体を震わせて狼狽《うろた》えてしまう。

「クゥウン（私たちのファーストキスが狼姿だとは……無念だ）」

「あれ、ジョイ。いつもしていることでしょ？　狼になったら、恥ずかしくなっちゃった？」

ふふふ、と優しく微笑んだアメリアは、寝室に行こうとジャスティンを手招きした。

ベッドの上に身を横たえ、昨日と同じように一緒に寝ようと、ジャスティンの背の部分を軽く撫《な》でた。

今夜は戸惑うこともなく、ジャスティンはアメリアの隣で前足を伸ばして座る。

「ねぇ、ジョイ。聞いて！　今日はジャスティンの戦う姿を見たのよ！」

「ワフォ？（どうだった？）」

「もうね、すっごくカッコ良かったの。途中でお腹を殴られちゃったから、大丈夫かなって心配だけど」

「ワォン（大丈夫だよ）」

「相手も大きくって、強そうな人だったの。でもね、ジャスティンの一発のパンチでバターン！　って、倒れたの！」

「ワォオン（大したことないよ）」

「素敵だったなぁ、ジャスティン」

「クゥン（ありがとう）」

アメリアはうっとりとした瞳で、昼間の光景を思い出しているようだ。

ジャスティンは話すことができずもどかしく思うが、アメリアは興奮した様子で話し続けた。

「あのねジョイ。私、キャサリン様にお手紙を書こうと思っているの」

「ワフォ？」

「なんでかって？　だって、キャサリン様はナサナエル殿下とあんなにも仲良くされていたのに、きっとジャスティンが横取りしてしまったのね。幼馴染《おさななじみ》としてなんだか申し訳ないし、とてもじゃないけど私なら耐えられないと思うの」

「ワォン、ワォン、ワォン（横取りなんて、していない！）」

「応援してくれるの？　ありがとう。私、これまで自分からお手紙を書こうとか、仲良くなろうとか、思ってても行動したことがなかったの。でも、頑張れば上級魔法も成功したんだから、今ならできそうだなって。ちょっと、自信がついたんだ」

「クゥウン（それは良かった）」

「なんだか本当にジョイとお話しているみたい」

アメリアがジャスティンのもふもふとした柔らかい毛を堪能《たんのう》している。

この触れ合いの時を持つだけで、ジャスティンは幸せを感じ胸がいっぱいになる。

「あぁ、今夜も眠ることができるかな……、ジャスティンのことは忘れなきゃいけないんだけど。きっと今頃は殿下と仲良くしているんだろうなぁ」

「ワォン、ワォン！（そんなことはない！）」

アメリアは目を閉じるとすぐに眠りに入った。まだ体調が万全ではない身体は睡眠を必要としている。

すぅ、すぅと規則正しい寝息が聞こえ始めると、ジャスティンは顔を少し上げてアメリアの寝顔を見た。


（可愛い。私の番《つがい》は本当に可愛い）

熱い眼差しを向けると、ううんと唸《うな》ったアメリアが上を向いた。

狼の身体から外れた腕は、呼吸と共に上下する胸の上に置かれている。

まだ時間はあるからもう少しこの可愛い寝顔が見たい、と飽きもせずに見続けていたジャスティンは、アメリアから発せられる番《つがい》の匂いに刺激され思わず獣化を解いてしまう。

むせかえる番《つがい》の匂いに敏感に反応した下半身が重い。

「っ、アメリア……」

今夜も抑精剤を飲んでいるが、番《つがい》の匂いは官能的でジャスティンを惑《まど》わせる。

アメリアは既に寝息を立て始めていた。

「アメリア、ごめん、ちょっと触らせて……」

そろり、と身体をアメリアに跨《また》がるように移動させる。

重さを感じさせないように注意しながら、近づいて首筋に顔を下ろす。

「たまらない、なんていい匂いなんだ……」

耳朶《じだ》の裏から首筋に鼻を近づけ番《つがい》の匂いを堪能《たんのう》する。

うなじに息がかかると、アメリアはピクッと顔を揺らした。

ジャスティンはアメリアの耳朶《じだ》を口に含み、柔らかい唇で食《は》む。

起こさないようにと気を付けつつも、その匂いに誘われると己を止めることができない。

アメリアの鼻に自分の鼻をちょんとくっつける。

狼獣人の求愛行動で、身体を繋げたいという合図だ。

幼い頃のアメリアは、意味を知らずに鼻をくっつけてきては「遊ぼう」と言っていた。

そのたびに身体が疼《うず》いていたことを覚えている。

ジャスティンは白い首筋に唇を落とし、うなじを軽く舐める。

そして鎖骨に舌を這《は》わせたところで、アメリアから「ジャスティン……」とうわごとが漏《も》れた。

がばっと顔を上げると、アメリアは変わらず瞼《まぶた》を閉じている。

ジャスティンはやりすぎた、とばかりにはぁっと息を吐き、アメリアから身体を離して彼女に上掛けをそっとかけた。

まだアメリアは十分に回復しきっていないのに、ジャスティンはその身体を暴きたくて仕方ない。

このまま傍《そば》にいるのは良くないと思い、ベッドから降りるとバルコニーに出てぬいぐるみのジョイを再びアメリアの枕元に置いた。

「アメリア、早く元気になって」

うなじに鳥の羽のように軽いキスをし、ジャスティンは獣化して狼となった。

ブルリ、と身体を震わせて毛を立てると、また音を立てないで窓から出る。

闇夜に溶けるようにして、獣はその場を離れた。

◆

狼のジョイと会えるようになって数度目の夜、アメリアは夢の中でジャスティンの上に覆《おお》い被さりながら倒れ込んでいた。

普段眠る自室のベッドで、全裸の彼の上に身を横たえている。

ジャスティンは滑《なめ》らかに隆起する筋肉を呼吸に合わせて上下させていた。

青銀の髪を乱し獰猛《どうもう》に光る瞳でアメリアを射抜くように見つめている。

「ジャスティン、ジャスティンなの？」

アメリアは自分がなぜ、ジャスティンの上に覆《おお》い被さっているのか、彼がなぜ全裸なのか、混乱していた。

長年遠くに眺めることしかできなかった彼が、自分のすぐ近くにいることが信じられない。

「あぁ、アメリア。ここにいるよ」

ジャスティンの低い声がアメリアの乾いているこころを潤《うるお》すように全身に響く。

「ジャスティン、ジャスティン、あぁ、なんて素敵な夢……！」

嬉しい、これが現実だったらと思わずにはいられないけど、こんな現実がある訳もない。

ここはアメリアの自室で、自分は薄いネグリジェ一枚しか着ていない。

「夢でもいい、嬉しい……」

込み上げてくる嬉しさにアメリアは胸が熱くなり、とめどもなく涙が溢れる。

目じりから零《こぼ》れる水滴を、ジャスティンは愛しげに見つめながら指で拭《ぬぐ》ってくれた。

「アメリア、大丈夫だ。私はここにいるよ」

いつか聞いたことのある言葉が聞こえ、こころが明るさを取り戻していく。

もう、不安に思わなくてもいい。

現実は何も変わらないのに、ジャスティンの言葉を聞くだけでこころの奥底に眠る哀しみが溶けていくようだ。

「ジャスティン、ジャスティン！」

「アメリア！　……っ、君を愛している。本当に、心配かけてごめん」

ジャスティンも胸のうちに膨れ上がる喜びをこらえきれないとばかりに、鍛え抜かれた腕をアメリアの背に回し、ぐっと抱き込んだ。

アメリアより高い彼の体温が身体を包み込む。

ふわりと酩酊《めいてい》するように、アメリアは彼の腕の中で幸せを噛みしめた。

——ジャスティンに愛される夢を見たい。

そう思っていたから、こんな幸せな夢を見ることができたのだろうか。

ジョイが狼になってから、アメリアは満たされることが多くなった。

こうしてジャスティンの温《ぬく》もりを感じていると、なんでも言えそうな気持ちになってくる。

しばらくして泣きやんだアメリアは、これまで秘めていた思いを口にした。

「ジャスティン、ねぇ、キスして」

アメリアは甘く息を漏《も》らしながら願った。

夢の中であれば、恥ずかしがらずに自分の欲望を素直に声にできる。

夜会の日にナサナエルとキスをするジャスティンを見た時、自分は彼とキスをしたことがない、そのことが悲しかった。

薄いネグリジェしかまとっていない身体がだんだんと熱くなってくる。

アメリアのおねだりに一瞬驚いた顔をしたジャスティンは、離さないとばかりにアメリアの手を取り、指を絡めて握りしめた。

彼の男らしく厚い胸板に、アメリアの豊かな胸は擦《こす》りつけるように乗っている。

ジャスティンの長い足でアメリアの細い足が挟まれると、もう身動きがとれない。

ジャスティンはアメリアの願いを聞くと一瞬目を瞬《しばた》かせ、そしてゴクリと生唾を呑み込んだ。

瞳の奥に熱い欲の炎を灯らせながら「アメリア、我慢できない私を許してほしい」と声を漏《も》らして、空《あ》いているほうの手でアメリアの頬をするりと撫《な》でた。

それを合図にアメリアは目を閉じた。わずかな沈黙の間に、顔が火照《ほて》り始める。

これが本物のジャスティンなら、自分からキスをねだるなんて、はしたない娘だときっと呆れられるだろう。

早鐘を打つ鼓動が耳の奥に響く。

大きな剣だこのある手が赤く染まる頬を何度か撫《な》で、耳たぶに優しく触れた。

そして、ジャスティンの柔らかい唇がついばむように頬に落とされる。

「あ……」

「いい?」

彼も緊張しているのか少し声が掠《かす》れている。アメリアがゆっくりと頷くと、ジャスティンの手が後頭部に回り引き寄せられる。

ややかさついた、しかし温かい感触がアメリアの唇に軽い羽根のように触れる。

ささやかな触れ合いに、それでも確実に触れた彼の唇の感触にこころが震え、身体の奥がキュンとする。

「もう少し、いい? アメリア」

また掠《かす》れた声で聞かれ、ドクンと心臓が跳ねる。

この先はキスだけでは終わらない――かもしれない。

そんな予感に、戸惑いつつもアメリアはこくりと頷いた。

ジャスティンはかさついた手でアメリアの艶《つや》やかに広がる金色の髪を撫《な》でつけながら、アメリアの下唇をちろりと舐め、己の唇を重ねた。

二度、三度と角度を変えて唇の端まで口づけ、下唇を食《は》む。

ちゅっと音がするほどにアメリアの唇を強く吸ったジャスティンが、金色の瞳を鋭く光らせた。

ごくりと喉を鳴らしたジャスティンは、舌先でアメリアの唇をゆっくりとなぞり、這《は》わせた舌でノックする。それから「開けて」と低く甘い声でアメリアを誘い出した。

その声に反応して閉じていた口を開くと、一旦離れた舌先が、今度は激しさを伴い口の内部にまで侵入してくる。

アメリアは初めて体験する濡れた感覚に慄《おのの》きつつも、ジャスティンの自由にさせた。

彼の熱い舌が歯列をなぞる。

頬の裏側を舐め、舌先でアメリアの舌に触れると導くように絡み始めた。

「うぅ……んっ……ぅ……ぁ……」

ジャスティンの手が後頭部を抱き込んでいて、逃れることはできない。

密着した全身が熱くなってくると、絡めていた手が解《ほど》かれて、アメリアの背中に回り宥《なだ》めるように上下する。

より密着することになった身体が、彼の熱を全身で確かめ分かち合う。

アメリアは初めての甘美な口づけに酔い、ジャスティンの舌に応じて自らも舌を差し出して絡める。

（あぁ、ジャスティンとキスしているなんて）

何度も口内をなぞられて、舌を絡め吸われる。

だんだんと息が苦しくなり、アメリアがジャスティンの肩を叩くと、アメリアの口を吸っていた彼は唇を離した。

「はぁっ、はぁっ、く、くるし」

「アメリア、鼻で息をするんだよ」

「ん」

ようやく空気を吸い込んだことで呼吸が楽になる。

アメリアが涙目になってジャスティンを見ると、彼は眉根を少し寄せて心配そうな目をしていた。

「大丈夫？」

「う、うん。でも……」

「でも？」

「なんか、すごくゾクゾクして、私おかしいのかなって」

「アメリア。おかしくなんかないよ」

目を細めたジャスティンは、「かわいいね」と言いながらアメリアの髪を梳《す》いた。

背中に回されていた手は、いつの間にかアメリアのお尻の形をなぞるように撫《な》でていた。

「アメリア、もう一回」

「う、うん」

もう遠慮など欠片《かけら》もないジャスティンの舌が、アメリアの口内に入り込んでくる。

圧倒的な質感に慄《おのの》きつつも、激しく口づける彼の想いが嬉しくなる。

次第にアメリアは腰の辺りに疼《うず》きを感じ、それを発散させるようにくねらせ、下半身をジャスティンの太ももに擦《こす》りつけた。

無意識にしたその動きで、彼の熱い滾《たぎ》りが棒のごとく硬くなっているのを感じ取る。

気になったアメリアは手を伸ばしてそれに触れてみた。

「――ダメだ、アメリア」

急に唇が離れ、焦りを含んだ硬い声がジャスティンの喉から放たれた。

どうして、何がダメなのだろう、そう思ったところでアメリアの世界は反転して――


「あ……、夢?」

夢にしては生々しくて、現実に触れ合ったかのような感触が残っている。

けれど、このベッドに裸のジャスティンがいる訳もなく、王太子の想い人の彼がアメリアに、恋人にするキスをする訳がない。

手をそっと唇の上に置いてみる。ここに彼の唇が触れて舌でなぞられた。

「夢、だよね……」

ネグリジェの胸元を見ても乱れた様子は残っていない。

夢だから乱れるはずもないけれど、現実だと間違えてしまいそうなほどにジャスティンの身体の感触を覚えている。

さらに不思議なことと言えば、ジャスティンの男の象徴が硬くなっていて、それに触れたことだ。

アメリアはこれまで、男性の興奮したそこを見たことも触ったこともない。

成人する時に神殿で開催された、女性のための閨《ねや》教育に出て教科書を読んだが、そこについての具体的な記述はなかった。

結局は「夫となる方にお任せすること」と言われただけの内容だった。

知識のあるような、ないようなアメリアに男性の象徴の硬さがわかるのだろうか。

想像したこともないくらい大きくて硬かった。それを夢に見るものだろうか。

不思議に思いつつも空を見上げると、今夜も月がきれいに顔を出しそうな天気で安心する。

もはや、ジョイなしに眠りにつける自信がないほど、アメリアは狼の温《ぬく》もりを手放せなくなっていた。

狼はアメリアの首筋を長い舌で入念に舐めている。

最近は遠慮もなくなった様子で、部屋に入ってくるなりアメリアの近くに座ると、耳の裏の匂いを嗅《か》ぎうなじを舐める。

もういい加減にしなさい、と軽く睨《にら》むと狼は「クゥーン」とかわいらしく鳴いてお座りの姿勢に戻った。

「ね、ジョイ。今日はお腹を見たいから、ひっくり返ってくれる？」

「ワフォ？」

「お腹の毛も、ブラッシングしたいの。ね、いい？」

狼はしばらく逡巡《しゅんじゅん》する様子を見せたが、アメリアが口をすぼめて「おねがい」とねだると、覚悟を決め腹の柔らかい部分を上にしてゴロンと寝ころんだ。

「きゃっ！　やっぱりかわいい！」

背のほうの毛は、ところどころチクチクとする硬い毛があるけれど、さすがにお腹の毛は白くてふわふわだ。

ひっくり返ったお腹を撫《な》で、顎《あご》のところを簡単にブラッシングする。

温かい肌の感触が気持ちいい。

前足を無防備に上に投げ出している姿も可愛らしくて、アメリアはにこにこと上機嫌になる。

「ここ、吸ってみてもいい？」

上に向いた顎《あご》のあたりの毛は特に柔らかい。

ここに顔を沈めることができたら、ふわふわしていて気持ち良さそうだ。

「クゥン」

狼が返事をすると、アメリアはバフッと音がする勢いでそこに顔を埋《うず》める。

頬や額《ひたい》に当たる柔らかい毛の感触が心地いい。

何度か頬ずりして、スーハースーハーと息を吸う。犬吸いならぬ、狼吸い。

「あー、ジョイ。癒《いや》される」

この感触を手放すことなんて、もうできそうにない。

狼のおかげで寝つきも良くなり、寝不足も解消できた。

不安な夢を見ることなく、最近ではナサナエルとジャスティンのキスシーンを思い出しても、かえって夢の中で自分とキスをした時の感触が蘇《よみがえ》り顔が赤くなる。

撫《な》で続けていると、ふと股の間から伸びる赤黒いものが目についた。

「あれ？　ジョイ、もしかして男の子だった？」

ぬいぐるみのジョイにはなかった突起を、思わずまじまじと見てしまう。

男性器なんて、夢の中でちょっとしか触ったことがない。

狼はどうなっているんだろう？　アメリアは好奇心が刺激され、そーっと手を伸ばした。

大きくなっているそれを、指でちょん、と撫《な》でる。

すると、身体をビクッと震わせた狼が「くぅーん」と鳴いた。

「あ、痛かった？　ごめんね」

触るのは良くなかったのかもしれない。人間と同じで敏感なのだろう。

夢の中でもジャスティンのそれを触ると彼は不機嫌になっていた。

アメリアは触ることは諦めたけれど興味は尽きない。

じっと股の間を見つめるアメリアを狼は眺めていたが、へそ天と言われる姿勢に飽きたのか、しばらくするとがばりと身体の向きを変えて起き上がった。

「あっ、もう終わり？」

話しかけると狼は「もうダメだ」と言わんばかりの顔をして、コクン、と首を縦に振る。

そしてアメリアのネグリジェの裾を咥《くわ》え、ベッドに行こうと引っ張る仕草をした。

「わかった、わかったわ。ゴメンね、見すぎちゃったかな」

アメリアがいつものようにベッドに横になると、狼もそこで寝るのが当たり前といった顔をして伏せた。


またジャスティンの夢を見ている。悲しい夢ではなく、幸せで少しいかがわしい夢。

「……ぁあ……っあ、……ぅあん……ああっ」

ネグリジェの上から、ジャスティンはアメリアの胸元に顔を埋《うず》めている。

彼の熱い息が布地に当たり、そこだけが発熱したみたいに熱くなっている。

青銀の髪が揺れるたびに、馴染みのあるお日様の匂いがして心地いい。

彼の髪は柔らかくて、肌に触れるたびに痺《しび》れるような甘い感触にこころが震える。

しばらく薄い布地の上からアメリアの揺れる胸を愛《め》でていたが、ジャスティンはそれでは物足りない様子になって、アメリアの肩にかかる袖に手をかけた。

「直接触れてみても、いい？」

「ジャスティン、触りたいの？」

「あぁ、アメリアがいいと言ってくれれば」

「ん、いいよ、お願い……」

胸元の開いているネグリジェの下には何もつけていない。

ジャスティンは気恥ずかしさに身体を硬くするアメリアを気遣いながら、片袖ずつ腕を引き抜く。

すると、白くまろやかな二つの双丘がジャスティンの目の前に現れた。

「アメリア、なんて、きれいなんだ」

歓喜のため息とともに吐き出された声は甘く、それだけでアメリアの頬を赤く色づける。

逞《たくま》しい身体をしたジャスティンが再びアメリアの上に覆《おお》い被さってくる。

何も覆《おお》うもののない乳房が、彼の大きい手で包まれた。

下から乳房を持ち上げ、手のひらで柔らかいふくらみの重さを確かめる。

「あ……」

「すごい、私の手にも余るよ」

ジャスティンは喜色を瞳に浮かべ、手の中で乳房を上下に揺する。

そっと顔を近づけ、片方の先端にくちづけた。

口に含まれていないもう片方の先端は、ジャスティンの節くれだった指に挟まれ、摘まむように刺激される。

「んんっ」

「声、抑えないで」

自分のものとは思えない喘《あえ》ぎ声が喉の奥から出てくる。

ジャスティンの濡れた唇が先端のつぼみを何度も吸い出すと、硬く立ち上がってきた。

もう片方も丁寧に吸い出され、たちまち濡れた先端は両方ともその形を変えた。

「硬くなったね」

「そんな、もう言わないで」

「どうして？　アメリアが気持ち良くなっている証拠で、私は嬉しいよ」

言い終わった途端に顔を伏せて乳房の愛撫《あいぶ》を再開する。

両方の手で乳房を包み込み執拗《しつよう》に揉みしだく。

さっきまでの柔らかい動きから、次第に欲望を満たすための激しい動きとなる。

てのひらで踊るようにその形を変える乳房を堪能《たんのう》するジャスティンは、だんだんと息を荒くして余裕をなくし始めた。

アメリアも初めて与えられる刺激に、まるで全身が支配されたように満たされていく。

ジャスティンは顔を上げると、両方の指で先端を摘まみながらアメリアに聞いた。

「気持ちいい？」

「――っ」

いい、と答えればそれを求めているようで恥ずかしい。

はっきりと答えることのできないアメリアを意地悪く見たジャスティンは、指をつぼめてキュッと絞り上げた。

「はぁぁんっ」

両端の強い刺激から思わず高い嬌声《きょうせい》が上がってしまう。

大きすぎる声に驚き両手で口を押さえると、ジャスティンはその仕草すら可愛いとばかりに目を細めた。

「さっきは私を驚かせたからね、ちょっとした仕返しだよ。アメリア」

「えっ、驚かせたって」

「いいから」

ジャスティンに何をしたのか覚えがないけれど、そのことを考える余裕もなくなるほどに激しい愛撫《あいぶ》が再び始まった。

顔を下ろし両胸をそれぞれ熱い唇と指で攻めながら、頂《いただ》きのつぼみを赤く色づける。

「あっ、……っああ、はぁっ……ぁあ……」

彼の欲情を煽《あお》る手の動きに、声を抑えられない。

このままではどうなってしまうのだろう、まるで自分が違う生き物に作り替えられていくような恐れと共に、快感が身体を走る。

ジャスティンがうなじの辺りに唇をつけた瞬間、ヒリとする痛みを感じる。

何だろうと思う間もなく、彼の手がアメリアの豊満な胸を揉みしだき乳輪を舐め、先端を摘まむ。

アメリアは翻弄《ほんろう》されつつも、ジャスティンの柔らかい青銀の髪を撫《な》でた。

自分の胸を頭を振ってしゃぶる彼の仕草を、アメリアは可愛らしいと思ってしまう。

絶え間ない愛撫《あいぶ》によって高められて——また意識を失うように、世界を反転させた。

翌朝、朝食後に部屋に戻る途中でアメリアはクリフォードに話しかけられた。

「アメリア、ずいぶん顔色が良くなってきたが、大丈夫か？　この前は無理して外出させてしまって、悪かったな」

「お兄様。もうすっかり体調は良くなりましたし、この前も楽しかったです」

「もう、悪夢を見ることもないか？」

「はい、大丈夫です」

にこり、とアメリアは笑顔を返した。

(まさか、悪夢じゃなくていやらしい夢を見ているなんて、とても言えないわ)

眠るのが怖くなるほどの悪夢を見ることはないけれど、最近はジャスティンから愛され、熱烈な愛撫《あいぶ》を受ける夢を見ている。

ジャスティンは王太子の恋人なのに、その現実を直視したくなくてアメリアの欲望が夢となっているのだろうか。

恥ずかしいのに、夢の中のジャスティンに翻弄《ほんろう》されるのは嬉しい。

夕べはとうとう、乳房を揉まれ先端に口づけられて……

「アメリアどうした？　頬が赤いぞ。やっぱりまだ熱があるんじゃないか？」

「えっ、そ、そうですか？」

兄に指摘されるほどに、顔を赤らめていたのだろうか。

あの淫《みだ》らな夢を思い出すだけで、身体が火照《ほて》る。

恥ずかしい、と俯《うつむ》いたその時に髪を耳にかけると、白いうなじが現れた。

「アメリア、お前、首筋に赤い痕《あと》が残っているぞ、どうかしたのか？」

「赤い痕《あと》？」

クリフォードから言われ、首筋を触ってみるが鏡を見ないと何もわからない。

不思議に思っていると、なるほど、と何かに気がついた様子のクリフォードがさらに質問をしてきた。

「最近ジョイは狼になるのか？」

「はい、毎晩寝かしつけてくれるから、助かっています」

「ま、毎晩、なのか？」

「今のところ上級魔法を失敗していないの。すごいでしょ？」

「そうか。それは確かにすごいな。その、狼は変わりないか？　お前に悪戯《いたずら》するとか……」

「悪戯《いたずら》？　え、そんなことありません。けど、最近は舐めてくる回数が増えたかな」

「舐めるのか？　どこを？」

「うなじが多いかな」

「うなじか。うなじなのか。そうか、うなじか。いや、それならいい。わかった」

クリフォードはさっと向きを変えると、ひらひらと手を振った。

「狼を呼ぶのも、ほどほどにしておけよ」

「お兄様、どうして？」

アメリアの問いに答えることなく、クリフォードはその場を離れる。

その時、「ジャスティン、ヘタレがようやく動いたか」と呟いたが、それを聞く者はいなかった。


アメリアが部屋に戻ると、なんとオルコット公爵令嬢から手紙が届けられている。

「わぁ、キャサリン様！　お手紙読んでくださったのね、それに丁寧に返事までくださるなんて」

蝋《ろう》で封をされた手紙は、以前アメリアが書いたお見舞いの手紙への返答だった。

政略的な婚約とはいえ、婚約破棄を大々的に宣言されてしまい、キャサリンの悲しみは深いだろう。

アメリアは他人事に思うことができず、慰《なぐさ》めになれば嬉しいからと彼女に手紙を書いていた。

「勇気を出して、お手紙書いて良かった……！」

できると思っていなかった上級魔法を使うことができた。

それはアメリアに自信を与え、キャサリンに手紙を書き、こうして返事をもらうことに繋がった。

アメリアは勇気を持って行動すれば、結果が得られるのだと喜んで、思わず手紙に頬ずりをしてしまう。

手紙を読み進めると、なんと次にオルコット公爵家で開催される舞踏会に招待したいと書かれていた。

「まぁ、舞踏会だなんて、どうしよう」

アメリアはジャスティンと王太子の噂話《うわさ》を聞くことを避けたくて、最近は舞踏会に行っていない。

でもキャサリンからの招待とあれば、行ってみたい。

ジャスティンのことは気になるけれど、せっかくだから勇気を出して参加しようと決めたアメリアは、手始めにキャサリンへの手紙の返事をしたためた。


今夜も月がきれいに出ている。

バルコニーに繋がる窓をカリカリと掻いている狼に気がついたアメリアは、部屋に入れると、金色の瞳を見つめた。

「あのね、ジョイ。明日の夜は舞踏会があるから、魔法をかける時間がないの。だから、明日はお留守番していてね」

「ワォン」

「ふふ、ジョイはお利口さんだなぁ。大好き」

ギュッと抱きしめると「ワホッ」と狼も喜んだような声で鳴く。

その声に励まされつつも、アメリアははぁとため息を吐いた。

「キャサリン様にね、お見舞いの手紙を書いたら返事をいただいたの、すごいでしょ」

「ワォオオン」

「それで、キャサリン様が明日の舞踏会に招待してくれたの」

「ワフォ」

「でもね、本当は複雑なの。だって、舞踏会には王太子殿下と、ジャスティンが来るって」

「ワォン」

「もう、諦めなきゃいけないんだけどね……、最近、よくジャスティンの夢を見るの」

「クゥーン」

「それもね、とってもいやらしい夢。おかしいわね、ジャスティンは高潔な騎士様だから、エッチな訳ないのに。私に向かって、我慢できないから許してほしいなんて言いながら、すごいことするの」

「ウォオン」

狼なら、きっと話しても大丈夫と思い、アメリアは夢の中のジャスティンの行為の詳細を伝えた。誰かに話さないではいられなかった。

「でね、私の胸をこう、持ち上げながら赤ちゃんみたいにちゅっ、ちゅって、吸うのよ。もう、可愛くって」

「クゥーン」

なぜか悲しげな声で狼が鳴いた。

「キスがとっても上手だったの。私、びっくりしちゃった。舌でね、トントン、ってノックするの。なんだろなぁって思ったら、口の中に舌を入れてきて。それでね、すっごく気持ち良くなっちゃったの」

「ワォン！」

今度は喜んでいる。

「どこかで習ったのかなぁ。騎士様だから、娼館とかに行くんだって、お兄様は言っていたけど」

「グルルル」

怒り気味だ。

「でも、一番嬉しかったのは、愛しているって言ってくれたの」

「ワォオン」

「……夢なのにね。本物のジャスティンはね、とってもかっこいい王子様の恋人なんだよ」

「ワォオン、ワォオォン」

「慰《なぐさ》めてくれるの？　ありがとう」

狼はいかにも心配している顔をして、アメリアの周囲を回り始めた。

そしてピタリと止まると、アメリアの瞳をじっと見つめる。

「ジョイ？　ジョイも舞踏会に行きたいの？」

「ワフォ」

違う、と言わんばかりに首を横に振った。

そしてぺろりと舌を出すと、ハッ、ハッと息を荒らげた。

「もしかして、舐めたいの？」

毎晩、狼はアメリアのうなじを舐める。

それが明日できないので、今夜たくさん舐めたいのだろうか。

そうかな、と思い質問したところ、そうだ、と言わんばかりに今度は首を縦に振る。

そっと近づいた狼は、アメリアの腕を舐め始めた。

まるで、明日の夜に備えて匂いを擦《こす》りつけるように丁寧に、そして執拗《しつよう》にアメリアの肌を堪能《たんのう》した狼は、最後にうなじを舐めた。

「くすぐったいよ、ジョイ。もう、終わりだよ」

「ワォン」

なんだか身体がべたつくけれど、もう寝る時間になってしまい、アメリアはいつもと同様に狼をベッドに誘った。

◆

「どうした、ジャスティン。朝からそんな汗だくになって」

「あー、いや。ちょっと走り込んできただけだ」

仲間の騎士の一人に話しかけられたジャスティンは、そっけなく答えると水飲み場に向かった。

毎朝、騎士たちはそれぞれのメニューで身体を鍛える。

その日ジャスティンは周囲にいる騎士たちが引いてしまうほどの走り込みをしていた。

「あ、おい、ジャスティン！」

仲間が止める間もなく、ジャスティンは水飲み場に置いてある桶《おけ》に水を汲《く》むと、それを頭からバシャッと被った。

（はぁ、これでも足りない）

濡れた身体をそのままに、頭を二、三度振って水を飛ばしたジャスティンは、もとあった場所に桶《おけ》を置いた。

夕べから続く、まだ引かない熱を発散させようと顔を上げる。

「もう少し、鍛えてくる」

「おい、ジャスティン！　正気か？」

「あぁ」

短く返事をすると、ひらりと手を振って訓練所のある建物へ向かい走り出した。

――とうとう、触れてしまった……

アメリアに「キスしてほしい」と言われた夜から、細い糸のような理性がぷつりと切れてしまった。

大切に、大切にしていたアメリアに口づけて、それだけでなく豊かな乳房を貪《むさぼ》り――

「ダメだ！　私は何をやっているんだ！」

自分の身体を痛めつけるために走っても、昂《たかぶ》った熱が収まらない。

アメリアのぽってりとした唇の熱を自分の唇が覚えている。

番《つがい》のアメリアから発する匂いは、ジャスティンの獣の本性を刺激していた。

反省しながらも、また同じ状況になってしまうと今度こそ襲ってしまいかねない。

どうしたらいいかわからないが、ようやく会えることになった機会を失いたくはない。

寝不足にならないように、アメリアを労《いた》わりゆっくりと休ませてあげたい。

そう思う一方で、ジャスティンの獣の本性が身体の奥で暴れている。

「ジャスティン、お前、死にそうな顔をしているぞ」

「あ？　そうか？」

ジャスティンは腕立て伏せをやめると、滝のように流れている汗を拭こうとタオルを手に持った。

いくら汗を流しても身体の奥の熱がとれない。

「さっきからずっと、腕立て伏せをしていないか？」

「いや、腹筋もしている」

「腹筋もしたのか！　鍛えるのもほどほどにしないと身体を痛めるぞ」

「あぁ、わかっている」

（いや、痛めつけるためにやったんだが……）

ジャスティンははーっと盛大に息を吐くと、再度走るために靴を履《は》き直した。

どうしようもない、抑えきれない獣の本性が暴れないように、少しでも熱を放出しておきたい。

走り始めた彼を、仲間の騎士は呆れた顔をして見送った。


隣で安心しきった顔をしてアメリアが寝ている。

すっかり夜に訪問することに慣れたジャスティンは、いつものようにアメリアの寝顔を見ていた。

すると少し寝苦しそうな表情になったアメリアが、寝言を言い始めた。

「ジャスティン、ジャスティン、……嘘、行かないで」

歯を食いしばり、眉根を寄せて苦しげに呼吸を荒くしている。

悪夢を見ているらしき様子に、ジャスティンは心配になり顔を近づけた。

「あぁ、あああ！　行かないで、嫌ぁ！」

胸に置いてあった腕を伸ばして空《くう》を掴む。

はっ、はっと呼吸を短くし胸を上下させる様を見て、ジャスティンはオロオロとしてしまう。

（くそっ、抱きしめて安心させたい！）

アメリアの苦しむ様子に我慢できなくなったジャスティンは、急いでその場で獣化を解いた。

すぐに空《くう》を掴むアメリアの手を握ると、自らの身体に抱き寄せる。

「大丈夫だ、アメリア。私はここにいる。アメリア、大丈夫だ」

優しい声で、耳元で囁《ささや》くとアメリアはびくりと身体を震わせるが、目は閉じたままだ。

「アメリア、アメリア、安心して、私は、君のジャスティンはここにいるよ」

アメリアを起こさないように優しく、しかしこれ以上悪夢を見ないように力強く、ジャスティンは囁《ささや》いた。

眉根を寄せていた顔がふっと柔らかくなり、ふわり、とアメリアの匂いが変わった。

恐怖を感じ慄《おのの》いていたことの伝わる匂いが安心する香りになり、ジャスティンを酔わせる魅惑的な匂いとなる。

どうやら、アメリアを苛《さいな》む悪夢は消えたようだ。

その夜から、アメリアが寝入った後もしばらくは様子を見ることにしている。

騎士として鍛えぬいたジャスティンが抱きしめると、折れるかもしれないくらい華奢《きゃしゃ》な身体。そこからは得も言われぬ番《つがい》の魅惑的な匂いが漂ってきて、ジャスティンの獣の本能を刺激していた。

初めてアメリアの肌に触れた日の夜、甘い声でジャスティンと呼ばれ息を止めた。

狼から人の姿に戻っていたから、見られたらもう正体を偽《いつわ》ることはできない。

アメリアが驚かないように、何と声をかければいいか迷ったが彼女は夢だと勘違いをしていた。

ショックを与えるよりはいいだろうと、夢だと思わせたままにしている。

だが、たとえ夢だと思われていてもアメリアには謝って、そして愛していると伝えたかった。

愛を口にした途端、想いが溢れ出た。

獣化を解いた後の裸体に覆《おお》い被さってくるアメリアの肌の感触が、たまらなかった。

番《つがい》と同じベッドにいる、もうそれだけで爆発しそうな欲望を抑えることは簡単ではない。

結果、口づけだけでなく、アメリアの可愛らしい顔からは想像できないほど豊かに育った胸にも直接触れてしまった。

何度反省しても、自分の身体を痛めつけても、抑えることのできない獣の本性が恐ろしい。

こんな想いになるのは、アメリアだけだ。

アメリアと関係を持つことで、責任を取れと言われれば喜んで取るし、本当はすぐにでもプロポーズして結婚したい。

用意した指輪を彼女の指にはめることのできる日を、今か今かと夢見ているが、獣人が一旦番《つがい》と身体を繋げると欲望を抑えることは簡単ではない。

特に番《つがい》同士でうなじを噛んでしまうと、発情して止まらなくなるという。

獣人、特に狼獣人はその傾向が強いため、両親には強く注意されていた。

十八歳になるまでは、アメリアと接触してはいけない。

うなじを決して噛んではいけない。

女性として身体が成熟していなければ、獣人が番《つがい》を求める欲求に耐えられない、と。

抑精剤を飲んでいるおかげで、これまでアメリアを襲うことなく過ごせているが、その効き目も飲み続ければ低下するし、連続して使うと反動がくる強い薬だ。

最近は自分の抑えがきかなくなっているから、もう少し飲む量を増やさなければ。

「アメリア、愛しいアメリア……」

すーっ、すーっと可愛らしい寝息を立てるその小さな口に、触れるだけのキスをする。

今夜は身体に自分の匂いを擦《こす》りつけておいた。

この匂いで少しでも、明日の舞踏会で彼女に近づく男を牽制《けんせい》したい。

人間相手には効かなくても、獣人であればこの匂いに気がつくはずだ。

ジャスティンの匂いをまとう番《つがい》に、普通の獣人であれば近寄らない。

するりとベッドから降りたジャスティンは、再び身体を獣化させる。

いつか、朝まで一緒に過ごしたい。それが許される者になりたいと思いながらバルコニーへ向かう。

ジャスティンは夜の闇に紛《まぎ》れ姿を消した。

第三章

緋色《ひいろ》のフロックコートに同色のベストを合わせ、黒のトラウザーズを着たジャスティンは、仕上げとばかりに黒のクラヴァットをつけた。

全身にナサナエルの髪と瞳の色をまとっている。

対《つい》をなすように、ナサナエルもジャスティンの色の青銀のフロックコートに金糸で刺繍《ししゅう》された豪《ごう》奢《しゃ》な服を用意した。

均整のとれた上背のある煌《きら》びやかな二人が並ぶと、それだけで息を呑むほど美しい。

普段は騎士服姿のジャスティンが着飾り、男ぶりのいい王太子と並ぶと場を圧倒するほどの迫力があった。

「殿下、なにもここまでしなくても」

「いや、念には念を入れてだな。これなら恋人同士に見えるだろう」

「それはそうですが」

オルコット公爵家で開催される舞踏会には、王太子をはじめ有力な貴族が集まっている。

今夜はジャスティンもルーセル伯爵令息として参加する。

実はオルコット公爵令嬢のキャサリンと、ナサナエルの婚約は公式には破棄されていない。

王太子が夜会で叫んだだけで、実際に破棄するための手続きは何も進めていなかった。

王も見せかけの婚約破棄ということは、知っている。

そのため真実を知らないキャサリンには酷《こく》なことではあるが、オルコット公爵家の舞踏会にナサナエルは婚約者として呼ばれている。

舞踏会のように、外部から人が多数入り込む時はどさくさに紛《まぎ》れて「マクゲラン」の一味が入り込む可能性があるため、ナサナエルは警戒して自身も出席することにした。

かがり火の焚《た》かれた前庭を抜けると、どっしりとした外観のオルコット公爵家の建物は既に舞踏会の準備がされている。

使用人たちがせわしなく働く中、ナサナエルとジャスティンは公爵家の一室を借りて控えていた。

「ジャスティン、舞踏会が始まる前に練習しておくぞ」

「殿下、本当にするつもりですか？」

「そうだ。恋人同士の演出をするなら、やはりダンスくらいしないとな」

「わかりました、では」

しぶしぶといった体《てい》で、ジャスティンは立ち上がるとテーブルやソファーを移動させ空間を作り、ステップを確認するためにナサナエルの手を取った。

「ジャスティン、手が違うぞ。俺がリード役でお前が女性役をしてくれ」

「それは、また難しいことを」

「お前の身体能力なら、女性役など練習すればすぐできるだろう」

「ダンスに慣れている殿下のほうが適任でしょう」

「いや、慣れているから余計に難しいんだ」

「はぁ、仕方ありませんね」

普段は騎士として控えているため踊ることはないが、ジャスティンもマナーの一つとしてダンスは習っている。

だが今回はリードする男性役ではなく、ステップが反対の女性役となると、さすがにいきなり本番はできない。
一、二、とステップを確認しながら踊るものの、やはり簡単ではない。
何度か足を間違えるが、持ち前の運動能力の高さで徐々に覚え、慣れてくれば何とか様になる踊りになった。

「殿下、では最後に通してみましょう」

「あぁ、やってみるか」

曲が流れている前提でリズムをとりながら、普段とは違うステップを踏む。

ターンが入るところで左右を間違えたジャスティンは、思わずナサナエルの足を踏みそうになり、たたらを踏み倒れてしまう。

すぐに手を離せばよかったものの、まさかジャスティンが転ぶと思っていなかったナサナエルも一緒に倒れ込み、手をついた。

「いたた、ジャスティンでも転ぶんだな」

「殿下、すみません。思わず足を間違えました。手をついたのですか、ちょっと見せてください」

「いや、大丈夫だ、なんでもない」

「怪我をしているかもしれません、ホラ、見せてください」

寝ころぶジャスティンの上に覆《おお》い被さるように倒れ込んだナサナエルは、すぐに立ち上がることができなかった。

床についたときに痛めた手首を、そのままの姿勢でジャスティンが手に取って見る。

しばらくすると、痛みが引いたナサナエルは「もう大丈夫だ」と言って身体を起こした。

その時、部屋の扉が少し開いていることに気がついた。まさかさっきの現場を誰かに見られたのだろうか。

「ん？　殿下、部屋の外に誰かいましたか？」

「なんだ、お前でもわからないのか？」

「いえ、今ステップに集中していたので、足音までは拾ったのですが、どうやらもう離れたようですね」

扉の外にはナサナエルの護衛も立っているから、滅多《めった》なことはないだろう。

だが、確認のためにジャスティンは扉の外を伺った。

「この残り香は？　アメリアか？」

「ジャスティン、どうかしたのか？」

「いえ、少し気になることがありましたので、後ほど確認します」

今夜の舞踏会にアメリアも来ることになっているのは、夕べ狼になっていた時に聞いている。

もしかすると、誰かを探してこの部屋の近くに来たのかもしれない。

辺りを見回すが、もう既にアメリアの姿は見えるところになかった。

ジャスティンは一抹《いちまつ》の不安を覚えながらも、ナサナエルのいる部屋の中へと戻っていった。

◆

アメリアは今見た光景が信じられず、驚きを隠せなかった。

悲鳴を上げることは何とか堪《こら》えたが、未だに心臓は破裂しそうなほどに波打っている。

(ジャスティンが！　ジャスティンが！　……受け役だなんて！)

くるりと向きを変えると、先ほどの光景を一緒に見たキャサリンも顔を青白くして手を震わせている。

「行きましょう」

キャサリンにそっと囁《ささや》かれ、アメリアはこくん、と頷いた。

愛し合い睦《むつ》み合う二人の邪魔をすることなど、とてもできそうにない。

ジャスティンとナサナエルは部屋の床に倒れ込んでいた。

荒々しい男性同士だからなのか、部屋の中の家具は避けられ、ジャスティンの上にナサナエルが覆《おお》い被さっていた。

ジャスティンはナサナエルの手首を持ち、愛しそうに、大切なものを扱うようにしていた。

これからまぐわうであろう二人の姿を見て、アメリアは胸がチリリと痛む。

(ジャスティン、あなたが受け役だなんて信じられない！)

あの、男らしいジャスティンが。

夢の中で、アメリアを弄《もてあそ》んで攻める彼の姿が目に焼き付いている。

夢と実際が違うのはわかっているけれど、イメージと違いすぎてやはり信じられない。

アメリアはキャサリンに連れられ、彼女の私室に案内される。

そこは気持ちを落ち着かせるような花の香りが漂っていて、可愛らしい装飾のついた家具に囲まれていた。

「アメリアさん、どう？　落ち着いてきた？」

「キャサリン様、見苦しいところをお見せして、申し訳ありません」

「いいえ、いいのよ。だれだって恋しい人のあんな姿を見たら、悲しくなるわよね」

「キャサリン様も、ショックでしたよね。それなのに、私ったら」

アメリアは差し出された紅茶を飲みながら、キャサリンの気遣いに感謝した。

これまで話したことのない相手であったが、今日は玄関でアメリアを優しく出迎えてくれ、なおかつ二人でお話をしましょうと誘ってくれた。

「いいのよ、アメリアさん。私、あなたのこころのこもったお手紙がとても嬉しかったの。一度、お話してみたかったから、こうしてお声をかけたのに。客室であんなことをしているなんて、殿下にも困ったものだわ」

キャサリンは優雅に紅茶を飲みつつも、何かに耐えるように目を伏せた。

ショックを受けているのは同じだ。

キャサリンはナサナエルを愛しているし、アメリアはジャスティンを想っている。

そんな中、想い人が恋人同士である証拠を突き付けられた。

「キャサリン様、大丈夫ですか？」

「え、ええ。ごめんなさい、ちょっと気持ちが昂《たかぶ》っちゃって」

「あの、よろしければこのハンカチをお使いください」

アメリアがハンカチを渡そうと手を伸ばしたところで、キャサリンが顔を上げた。

その時、運悪くアメリアの手がティーポットに触れ、ガシャンと音を立てて転がってしまう。

ポットから零《こぼ》れ落ちた紅茶はアメリアのクリームイエローのドレスに染みを残した。

「まぁ、アメリアさん！　ごめんなさい、火傷《やけど》をしていませんか？」

「いえ、キャサリン様、私の不注意です。大丈夫です、熱くはありません」

急いでハンカチで拭き取るけれど、一度染みついた色はすぐには落ちそうもない。

どうしようか、もうこのまま帰ろうかと思ったところでキャサリンが提案した。

「アメリアさん、よかったら、私とお揃いのドレスを着ませんか？」

「え？　お揃いのドレス、ですか？」

「ほら、私たち髪の色も瞳の色も似ているから、姉妹に見えるかもしれないわ。今日は何か、楽しいことを考えて過ごしましょうよ」

キャサリンの豊かな金髪と、アメリアのうねる黄金の髪、そして紺碧《こんぺき》の瞳と空色の瞳。

少し瞳の色が違うだけで、二人の共通点は多かった。

でもキャサリンはつり目気味なのに比べて、アメリアの目尻は下がっている。

正面から見た二人を間違えることはまずない。

「そんな、私などがキャサリン様の姉妹だなんて」

「いいのよ、以前殿下から聞いたことがあるわ。あなたはジャスティンの大切な人だって。だから私、以前からアメリアさんとお友達になりたかったの」

「キャサリン様、それは誤解です。私はただ、ジャスティンの幼馴染《おさななじみ》なだけです」

「それでも、そのドレスは替えたほうがいいわよね。大丈夫よ、アメリアさんの背丈も私と同じくらいだから、ふふ、楽しみだわ」

アメリアは明るく振る舞うキャサリンを見て、きっと悲しみを紛《まぎ》らわせるためだろうと思い至る。

遠慮するよりは、キャサリンと揃いのドレスを着るほうが彼女のためになると考え、アメリアは頷いてドレスを着替えた。

キャサリンが薄紫色のドレスを着て、アメリアはクリーム色のドレスを着た。

同じ型の色違いで、胸元にはオルコット公爵家の家紋のバラの花が刺繍《ししゅう》されている。

これなら一目でキャサリンとお揃いなのがわかる。

きっと、キャサリンはアメリアに令嬢の友達がいないことに気がついているのだろう。

自分とお揃いのドレスを着るということは、アメリアを気に入っている証拠となる。

将来は王太子妃、その先は王妃になることが約束されているキャサリンのお気に入りの令嬢であれば、ほかの令嬢からも一目置かれる存在となる。

予想通り舞踏会でアメリアはキャサリンの隣にいるだけで、大勢の令嬢たちに話しかけられた。

「アメリアさん、今夜は素敵なドレスをお召しね」

「キャサリン様とお揃いだなんて、本当に羨《うらや》ましいわ」

「いえ、そんな。キャサリン様のご厚意で、私は何も」

「私、これからもアメリアさんとお話したいですわ」

これまでと打って変わって、次々と話しかけられる。

これほど多くの人と舞踏会で話すことはなかったから、アメリアは少し人酔いをした。

社交的ではないが、人付き合いは大切にしたいと思っている。

今夜お喋りをした中から、気の合う友達ができると嬉しい。

きっとキャサリンはそうした機会をアメリアに作りたかったのだろう。

アメリアはキャサリンの過ぎる気遣いに感謝しながら、そっと胸の痛みに蓋《ふた》をした。

軽やかな音楽が流れ始めると、ダンスホールには人々が集い踊り出した。

その中でもひと際目立っていたのは、王太子とジャスティンの組み合わせだ。

男性同士だからか、優雅というよりはアクロバティックな動きで踊る二人に、注目が集まる。

楽しそう、というよりは必死になって踊るジャスティンを、アメリアはまた壁際に立ちながら見つめていた。

（私、まだ一度もジャスティンと踊ったことがなかった）

乙女であれば、恋しい人とファーストダンスを踊るのは憧れだ。二度、三度と踊ればそれだけ親密な間柄の証拠となる。

王太子とジャスティンは二度目を終えて、三度目のダンスを相手を変えずに踊り始めるところだった。

ふと、キャサリンを見ると彼女も厳しい視線をナサナエルに向けている。

きっとキャサリンのほうが苦しいだろう。

自分の家での舞踏会であれば、逃げることも隠れることもできない。

ナサナエルとお揃いのコートに、お互いの色をまとい合うジャスティン。

王太子の真実の愛の相手がジャスティンであることを、これほど見せつけられるとは思っていなかった。

はぁ、とため息を吐いたアメリアは、人込みを避けてバルコニーから前庭に降りた。

少し冷たい空気を吸って、それからキャサリンにまた会いに行こう。

そう思って夜空を見上げると、月が煌々《こうこう》と輝いている。

「ジョイ、ジョイに会いたいな」

あの優しい狼に会いたい。あの温《ぬく》もりに包まれて眠りたい。もう何もかも忘れてしまいたい。

再び月を見上げると、背後に誰かが立つ気配がする。

振り返ろうとした瞬間、手が伸びてきて布が口にあてがわれ、息を吸い込むと何か強烈な臭《にお》いが鼻をついた。

「キャア！」

（なにこれ！　助けて！）

小さな悲鳴を上げるも、周囲にはアメリアを助ける者はいない。

護身術の魔法を使おうとしたが、何かを嗅《か》がされたアメリアは意識が朦朧《もうろう》とし始める。

「おい、早くしろ」

焦る男の声が聞こえたところで、アメリアはふらっと意識を手放した。

◆

その日、警備団に所属するイアン・ハルフォードはむしゃくしゃする気分を隠さなかった。

「チッ、なんで獣人の俺がこんな仕事しなくちゃならねぇんだよ」

オルコット公爵家で開催される舞踏会に、犯罪組織のマクゲランが侵入する可能性がある。

護衛の応援として派遣されたイアンは、不貞腐《ふてくさ》れながら門に立っていた。

公爵邸に出入りする馬車を一つ一つ確認する門番に付き添い、仕事を見張るだけだ。

「ケッ、それもこれも、あのジャスティンって奴がイカサマか何か使いやがったせいだ」

以前、警備団と宮廷騎士団に諍《いさか》いがあった時、イアンはジャスティンに拳闘で負けた。

だが熊獣人の自分が負ける訳がない。

何か不正をしたはずだと主張しても、もう終わったことだと誰も取り合わなかった。

あれ以来、仲間からも蔑《さげす》まれて居心地が悪い。

そもそも、警備団にいるが自分は獣人騎士としてもっと地位の高い仕事に就《つ》くべきだ。

なのに、声がかからないのはジャスティンが邪魔をしているに違いない。

イアンは己の劣等感をジャスティンのせいにして一方的に恨んでいた。

何かやり返すことができないか、ジャスティンを痛めつけることができないか、探しているが相手も慎重な性格なのか隙《すき》がない。

清廉潔白《せいれんけっぱく》な騎士、その噂《うわさ》通り娼館にも博打《ばくち》にも行かない。

ただ、最近は夜な夜な宿舎を出て王太子に会いに行っているという噂《うわさ》があるが、相手が王太子では何もできない。

そんなある日、イアンは捜査上で知り合ったマクゲラン一味から、仲間にならないかと誘いを受けた。

莫大な報酬にも惹《ひ》きつけられた。どうせこのまま警備団にいても捨て置かれたままだ。

それならまだ、自分の価値を正しく評価してくれるところに行ったほうがいい。

今日は公爵家の令嬢のキャサリンを誘拐することになっている。

詳しいことは聞かされていないが、公爵家を脅《おど》して身代金を要求するのだろう。

イアンは既に門番を腕っぷしで黙らせてマクゲラン一味を中に入れていた。

後は彼らの馬車をひっそりと外に出すだけだ。

それだけでかなりの報酬が約束されているし、既に前金ももらっている。

イアンはマクゲランの馬車が来るのを待ちながら、うっぷんを晴らすために門番を怒鳴りつけた。

「おい、これが狙いの令嬢か？」

家紋のついてない黒塗りの馬車が門に到着すると、門番の代わりにイアンが中を確認する。

マクゲランが誘拐するのはキャサリンのはずだが、後ろ手に縛られ意識を失っている女――アメリアからは嫌な奴の匂いがした。

「あぁ、そうだ。金髪に青い目、それになによりもこの薔薇の刺繍《ししゅう》はオルコット公爵家の家紋だ。そのドレスを着ている女が、この家の娘だろう」

「いや、それにしては、ちょっと待て」

イアンは鼻を近づけてアメリアの匂いを改めて嗅《か》いだ。獣人であれば娘にまとわりつく匂いの意味がわかる。

獣の匂いはこの娘に近づくな、俺のものだと主張している。

誰かの番《つがい》なのだろう、それだけの執着を感じる匂いだ。

「まてよ、この匂いはジャスティン、あいつの匂いだ」

イアンはジャスティンと闘った時のことを思い出した。

あの時、奴は一瞬金色の髪をした女に目を奪われていた。

奴の匂いがこれだけ周到につけられているということは、この娘はジャスティンの番《つがい》に等しい存在に違いない。

「へへっ、こりゃぁおもしれぇ。だが、ちとマズいな」

「どうした、我々はもう行くぞ」

「おい、ちょっと待て。この娘はお前たちの狙っている娘じゃないぜ、人違いだ」

「まさか！」

「そのまさかだよ、公爵令嬢がこんな獣の匂いをぷんぷんさせている訳がねぇ。俺は今日、本物がわざわざ挨拶に来た時の匂いを覚えているが、こんな獣臭くはなかった」

「だが、こうなったらこの娘だけでも」

「バカなことを考えるんじゃねぇ、こんなやっかいな獣の匂いをさせている娘をさらってみろ、お前ら全滅だぞ」

「そうなのか？」

「あぁ、宮廷騎士団にいるジャスティン・ルーセルって奴を知っているか？　こいつはあの男の女だ。やめといたほうが身のためだぞ。獣人の番《つがい》をさらえばどうなるか、想像してみろ」

「……」

マクゲランの一味はお互いに顔を見合わせると、イアンのいう通りにしたほうがいいと判断する。

獣人騎士のジャスティンを不必要に刺激したくはない。

「わかった、我々は今日は引き上げる。この娘はお前がどうにかしてくれ」

「はぁぁあ？　ったく、どうにかしろって、お前らがさらったんだろうが！」

言い合っているうちに、アメリアがいないことに気がついたのか騎士たちが走ってくる。

イアンは馬車の中で意識を失っているアメリアを見て、にたりと悪意のある顔をした。

騎士たちがこの馬車を見つけるのもすぐだろう、イアンは口の中に唾をいっぱいためると、アメリアのうなじを舐め、匂いをこすりつける。

さらに、白いうなじの左右に噛みついて歯形を残した。

「へへっ、狼にはこれが一番効くだろうな」

イアンは「こうなったら、俺もお前らの頭領に会わせてくれよ」と言い、アメリアの乗る馬車をそのままにしてマクゲラン一味と共に外に出ると、闇夜に紛《まぎ》れその場を去った。

アメリアは噛まれた痛みに「ううっ」と唸《うな》ったが、目を覚ますことはなかった。

◆

「いたか？」

「はい！　黒い馬車の中に残っているようです」

「まて、私が確かめる。ほかの者は外で待て」

騒々しい声が聞こえる。何を話しているのかはっきりと聞き取れない。

ふわり、と持ち上げられるのと同時に、首元の辺りに誰かの顔が近づいている。

唸《うな》るように、ひたすら「ごめん」と謝る声が聞こえるけど、その声の持ち主がわからない。

何を謝っているの？　と聞きたいのに声を出すどころか、身体を動かすこともできない。

瞼《まぶた》を上げることもできず、耳が音を拾うけれどそれもだんだんと遠くなっていく。

アメリアは薄い意識の中で逞《たくま》しい腕に抱きしめられると、どこか懐かしいその腕の感触に安心して——また意識は遠ざかっていった。


次の日、部屋に入る日差しを顔に受けて目覚めると、よく知る天井が見える。

ぼやけた意識の中で首を動かした瞬間、喉の辺りに引きつるような痛みが走った。

「い、痛っ」

「アメリア様、気がつかれましたか？　今人を呼んできますので、お待ちください」

様子を見ていた召使が出ていき、すぐに部屋の中に来たのはクリフォードだった。

アメリアを覗き込むと、眉をひそめている。

「アメリア、大丈夫か？」

「お兄様」

ぼんやりしながら昨日のことを思い返す。

オルコット公爵家の舞踏会に行き、キャサリンと仲良くなることができたが、その後のことを思い出そうとすると、ズキンと頭が割れそうな痛みが走る。

「い、痛い……」

「どうした、どこが痛い？」

「頭、と喉の辺りが」

思わず喉の辺りをさすると、ピリッとした痛みがある。

「あぁ、まだ触るな。今、医師を呼んだからすぐに来るはずだ」

「お医者様って、私」

「昨日、舞踏会の途中で意識を失ったんだ。そのことは何か覚えているか？　あぁ、無理して話さなくてもいい」

クリフォードはアメリアの額《ひたい》をサッと撫《な》でて目を細める。

アメリアは何度か深呼吸をすると、霞《かすみ》のかかっていた意識がハッキリとしてきた。

「大丈夫、頭の痛みは引いたみたい」

「そうか」

ベッドの上で上半身だけ起こすと、クリフォードが肩に大判の布地をかけてくれる。

アメリアは思い出したことを少しずつ順序だてて話し始めた。

「夕べ……、舞踏会の途中で外に出て、空気を吸おうと思ったの」

「それで、薬を嗅《か》がされたのか？」

「えぇ、後ろに誰か立ったところまでは覚えているけど、その後は何も。って、痛っ」

首を回そうとしたところで軽く痛み、小さく叫んでしまう。その声を聞き再びクリフォードが眉根を寄せた。

「あぁ、まだ首元に傷が残っているからな。痛むか？」

「首元？」

「うなじを二ケ所も噛まれていた。応急処置はしているが、こっちも後から医者に見てもらおう」

「うなじ？　どうしてうなじなんか噛まれたの？」

手をそっと当ててみると、確かに噛みつかれた痕が残り、かさぶたになっている。

それほど深く噛まれた訳ではなさそうだが、肌を裂かれた痛みが残っていた。

「それは……、多分、お前に匂いが残っていたからだ」

「匂い？　匂いって、誰の？　私の匂い？」

「いや、違う。それは、その……、いや後から話すよ。まずは医者に見てもらおう」

その言葉が言い終わらないうちに扉がノックされる。

医師が到着したとの知らせを受け、アメリアは速やかに診察を受けた。

医師の見立てでは特に問題はなく頭痛も一次的なものだろう、ということだった。

一応痛み止めを置いておく、という結果に家族一同はホッとして胸を撫で下ろす。

けれど、アメリアは当事者であるのに自分が襲われた理由も、うなじを噛まれた理由も、そしてさらわれなかった理由もわからない。

医師の診察が終わるとクリフォードを呼び止め問い詰めた。

「お兄様、どうして私のうなじが噛まれたのか教えてください」

「お前が襲われたのは、キャサリン嬢が狙われていたからだ。犯人はお前をキャサリン嬢だと間違えたんだろう。家紋のバラの刺繍《ししゅう》の入ったドレスを着て、同じ金色の髪をしていたからな」

「そんな、キャサリン様が狙われているなんて」

「以前から脅迫状が届いていたらしい。俺もその辺りは詳しくは聞かされていない」

「それで、キャサリン様はご無事なのですか？」

「あぁ、お前と間違えたことに気がついた犯人は、そのまま逃走したようだ」

どうやらアメリアが間違われたことで、今回は危機を回避することができた。

オルコット公爵家からお見舞いの品が届いていると聞き、アメリアは胸を撫で下ろした。

「それと、うなじがどう関係しているのですか？」

「いや、それはだな……、お前に狼の匂いが残っていた」

「狼？　狼って、ジョイの？」

「まぁ、とにかく、お前を噛んだのは熊獣人のイアンという奴らしい。警備隊にいたが、どうやら犯罪組織のマクゲランの一味だったようだ」

「そんな、警備隊にいた方が！」

「お前も見ただろう、ジャスティンが戦っていた相手だ」

「ええっ」

警備隊の詰所でジャスティンが戦っていた光景を覚えている。

相手は彼より一回りも大きい、狂暴そうな熊獣人だった。

「その人が、なぜ、私を？」

「あの時の戦いを根に持っていたようだ。それで、お前についていたジャスティンの匂いを嗅《か》いでだな……」

「え？　私にジャスティンの匂いが残っていたの？」

「あぁ」

「どうして？」

アメリアは考え込むが、なぜジャスティンの匂いが残っていたのかわからない。

匂いをつけたのは狼だと言っていた。

狼、そういえばジャスティンも狼獣人で、獣化すれば狼になることができる。

「もしかして」

「そう、その、もしかしてだ」

「ジョイ、じゃなくて、狼はジャスティンだったの？」

「……そうだな」

「そんな！」

固まったまま、口をはくはくとさせると、クリフォードはアメリアから視線を外して俯《うつむ》いた。

「どうして、ジャスティンが？」

「それは、……俺が頼んでいた」

「え？」

クリフォードは、これまでの事情をアメリアに伝えた。

不眠に悩むアメリアを見るに見かねて、ジャスティンに寝かしつけを頼んだこと、そしてタイミングが重なり、アメリアがジョイと間違えてしまったことを。

「でも、間違えていたなら、教えてくれればよかったのに」

「いや、お前は上級魔法ができた、といって喜んでいただろう。自信をつけた様子だったから、本当のことが言えなくなったんだ。ジャスティンもどうやら、お前のことを思って黙っていたようだ」

アメリアは顔を青白くさせ、額《ひたい》を手で押さえた。

なんてことだろう、上級魔法が使えて得意になっていたけど、結局は失敗していた。

それを兄もジャスティンも気がついていたなんて。

「狼のジョイは本当はジャスティンで、彼に恨みを持った熊獣人が狼の匂いの残る私を襲った、ということなの？」

「そうなるな。だが門番によると、お前にジャスティンの匂いがついていたことで、熊獣人はキャサリン嬢ではないとわかったようだ。だからお前が助かったのもジャスティンの匂いのおかげだ」

「そんなことがあったなんて」

アメリアは、はぁ、と深く息を吐くと、項垂《うなだ》れながらソファーにもたれかかった。

「お前も病み上がりで大変だろうが、ジャスティンも心配している。あいつのことだから、今夜も様子を見に来ると思うが会ってみるか？」

「え？　ジャスティンが？」

「あぁ、狼になって来ると思う。お前が会って話したいなら、窓を開けて入れるんだな。話したくないなら俺が伝えておく」

「……話せるなら、話したい」

「わかった」

クリフォードはその後、「しばらく休むんだぞ」と言いながら部屋を出ていった。

アメリアは思いもしなかった事実に、しばし放心してしまった。

◆

クリフォードはアメリアの部屋を出ると、各方面に連絡するため私室に向かった。

オルコット公爵も心配していたから、目覚めたことを知らせないといけない。

しばらくは安静が必要だろうが、何も後遺症が残っていないことは朗報だ。

だが一番心配をしているのはジャスティンだろう。

アメリアには伝えなかったが、昨夜ジャスティンは大荒れに荒れていた。

「アメリアっ！」

「どうした、ジャスティン？」

「今、アメリアの悲鳴が聞こえた」

「なにっ？」

王太子と三度目の踊りが終わるとすぐに、ジャスティンは大広間を飛び出していく。

何か起こったのかもしれない、と王太子も控えている護衛たちに伝え、すぐにアメリアの捜索が行われた。

一緒に舞踏会に来ていたクリフォードも呼ばれるが、そう言えばアメリアの姿を見ていない。

キャサリンとお揃いのドレスに着替えることができて、嬉しそうにはにかんでいた。

てっきりそのまま彼女と一緒にいるものだとばかり思っていた。

「どうやら、外門のところに怪しい馬車が停まっており、その中にアメリア嬢がいた模様です。現在、ジャスティン殿が確認しております」

「そうか、わかった。クリフォード、君はアメリア嬢の兄だったな。一緒に来い」

「は、はい。殿下」

飛び出していったジャスティンは、アメリアの匂いを辿ってすぐに見つけ出していた。

ただし馬車の中でアメリアを抱きしめたまま、固まっている。

「ジャスティン、アメリア嬢は無事か？」

「……あの野郎」

「どうした？　無事なのか？」

「熊鍋にしてやる」

こちらが問いかける言葉に、ジャスティンはまともな返答をしない。

とうとう馬車に乗り込んだ王太子がジャスティンの頭を叩くと、据わった目をしたままこちらをギロリと睨《にら》んでくる。

「おいジャスティン、どうした？　アメリア嬢は無事か？」

「あ、あぁ、殿下。それにクリフォードもいるのか」

「お前、大丈夫か？」

「あぁ、アメリアは無事だが意識を失っている。休める場所を用意してほしい。あと軽くだが、うなじを噛まれている。少し切れているようだ」

ジャスティンは周囲に人を寄せ付けないほどの怒りをまとったまま、アメリアを横抱きにして公爵邸へ連れていく。

聞き込み調査を続ける騎士たちに話を聞き、どうやら警備隊の一人がマクゲラン一味に通じていたことがわかった。

さらに、そいつはジャスティンに恨みを持っていたため、アメリアがジャスティンの番《つがい》と知り、うなじを噛んでいた。

獣人にとって番《つがい》のうなじを噛む行為はとても神聖なものだ。

番《つがい》同士であれば、魂《たましい》の結びつきを強めるとも聞く。

特に狼獣人にとって番《つがい》のうなじを他人に噛まれることは、己の番《つがい》を盗み取られたに等しい。

喧嘩《けんか》を売るどころではない、決闘を申し込むようなものだ。

ただ幸いなことにアメリアは人間のため、番《つがい》でない獣に噛まれても怪我をしただけで終わるが、ジャスティンにしてみると、こころの痛みは測り知れないものがある。

「ジャスティン、お前のほうこそ大丈夫か？」

ジャスティンの頬には涙が流れた跡があった。

さすがに落ち着きを取り戻しているが、アメリアを抱きしめて泣いたのだろう。

それほど熊獣人のした行為はジャスティンを苦しめ怒らせた。

「俺は、まぁいい。あの熊野郎を探し出すまでだ」

落ち着いたとは言っても、身体中がナイフになったようにとげとげしい。

胸の奥で怒りを煮えたぎらせるジャスティンの目の前に、もしも今、熊獣人がいれば恐らく息の根を止められていただろう。

アメリアを急遽用意された客室のベッドに寝かせると、ジャスティンはすぐに引き返して捜索に加わった。

匂いを追いかけるのは得意なはずだが、さすがに時間が経ちすぎていたのと、相手も用心していたのか足取りはつかめなかった。

ジャスティンはそれでも、夜目がきくからといって寝ないで探し回ったようだ。

結局アメリアは自宅に移され無事に目覚めることができたが、ジャスティンをジョイだと誤解していたことを聞かされ戸惑っている。

できればこのままジャスティンがアメリアの戸惑いを解いてくれればいいが、それは彼次第だ。

熊獣人という厄介《やっかい》な奴が絡んできたことで、ジャスティンが暴走しないことを願いながら、クリフォードはどうにもならない状況に深くため息を吐いた。

◆

カリカリと窓を爪で引っ掻く音がする。

アメリアが立ち上がってバルコニーに通じる窓に近づくと、そこには狼がちょこんと座って窓が開けられるのを待っていた。

「入って」

普段と違い、薄い布地のネグリジェではなくて前ボタンのワンピースを着ている。

するりと開けられた窓から入ってきた狼をアメリアはじっと眺めた。

(やっぱり魔法をかけなくても狼が来た。ってことは、お兄様の言う通りジョイではなくてジャスティンなのね)

今夜は魔法陣の上にジョイを置いただけで呪文を唱えていない。

それでも生きた狼がやってきた。

アメリアは息を一つ吐いてから狼に話しかけた。

「ジャスティン、あなたジャスティンなんでしょ、お兄様から聞いたわ」

「ワォン」

「その、できれば話をしたいから獣化を解いて？　あ、着替えが浴室に置いてあるから、それを着てください」

「ワォォン」

いつも喜んで狼を迎え入れていたけれど、今夜はそうはいかない。

項垂《うなだ》れた狼はトボトボと歩いて浴室まで行くと、音も立てずに獣化を解いて人間になった。

そのままでは裸のため、籠《かご》に置かれた男物の下着を穿《は》いて白いシャツとベージュの下穿《したば》きを着る。

クリフォードのものなので少し小さめではあるが、着られないことはなかった。

カタン、と浴室の扉を開けてジャスティンが出てくる。

一歩一歩、アメリアの座るソファーの近くにまで来ると、その名を愛おしそうに呼んだ。

「アメリア」

「っ、ジャスティン」

ジャスティンが近づくと、アメリアは立ち上がり溢れる想いのままにその名を呼んだ。

「本当に、あなただったのね」

アメリアにしてみると、六年ぶりに彼と会話ができる。それも自室でだれの目もない。

ジャスティンは剣だこのある手をそっとアメリアのほうへ差し出すと、彼女の手を取って両手で包み込んだ。

「アメリア、すまなかった」

ジャスティンの低い声がアメリアの耳に届く。

夢にまでに見た彼の声だ。

「どうして……、どうして、今まで」

アメリアの目にいっぱいの涙がたまると脆《もろ》く崩れて流れ落ちる。

こころの中にため込んでいた想いをさらしたいのに、アメリアは声を詰まらせてしまう。

「すまない、アメリア。どうしても、君に謝りたい」

「……っ、どうしてっ」

その後は言葉にならなかった。六年分の想いが溢れて涙が止まらない。

これまで話せなかったことや、事件のこと、王太子のこと、聞きたいことはたくさんあるのに言葉が出てこない。

ジャスティンはアメリアをそっと抱き寄せ、腕の中に真綿で包み込むように閉じ込めた。

アメリアの目からとめどなく流れる涙がジャスティンの着ているシャツを濡らす。

ひくっ、ひくっとしゃくり上げながら泣くと、ジャスティンの大きな手が彼女の後頭部を優しく撫《な》でた。

「ジャスティン……」

しばらく胸を借りていたアメリアは、落ち着いたところで腫《は》れた目をこすりつつ顔をそっと上げた。

ジャスティンの金色の鋭い目が、アメリアのうなじを見つめている。

「すまない、痛い思いをさせてしまった。……ごめんよ、アメリア」

ジャスティンの手がうなじをなぞり傷口の上に掲《かか》げられる。

まるで彼自身が痛みを感じているかのごとく、顔をしかめて噛まれた傷痕を見ている。

すると尽きぬ怒りを思い出したのか、ギリ、と奥歯を噛みしめ「あの熊野郎め」と唸《うな》る声が聞こえた。

「それは、いいの。それはいいのだけど、ジャスティン……、って、ジャスティン？」

彼は呟いた途端、胸を押さえる仕草をしていきなりその場にしゃがみ込んだ。

目をギュッと閉じて額《ひたい》には脂汗がにじみ出ている。

苦しみ始めたジャスティンは「ううっ」とその場で唸《うな》った。

急変したジャスティンの様子に焦ったアメリアは、人を呼びに行こうとしたところで彼に服の裾を掴まれる。

「大丈夫だ、アメリア。今は夜だから騒ぎにしたくっ、ない」

はぁ、はぁと息を荒らげ顔を紅潮させている。

どうしたらいいのか迷ったアメリアは、熱があるのかもしれないと思い、浴室に行きタオルを冷水に浸《ひた》し絞って持っていく。

ソファーに横になった彼の額《ひたい》の上に濡れタオルを置くと、細く白い手をジャスティンが掴んだ。

「アメリア、ダメだ、傍《そば》に来ないでくれ」

「ジャスティン！」

明らかにさっきとは様子が違うが、来ないでくれ、という言葉にアメリアは少なからず痛みを覚える。これまで、六年間ずっと近くに行くことができなかった。

でも今夜は彼のほうから部屋に来てくれて、つい先ほどまでアメリアを愛しそうに見つめていた。

だから今の言葉にはきっと意味があるはずだ。

アメリアは膝を立てて、ジャスティンの汗ばむ手を握りしめた。

身体が弱るとこころも弱るから、ジャスティンをどうにかして力づけたいと思い、アメリアはしっかりとした声で問いかけた。

「ジャスティン、教えて。どうして私が近くにいないほうがいいの？」

「君が、危ない」

「どうして？　どうして危なくなるの？」

こんなにも弱り切った男の人を見たことがない。

ジャスティンは胸を激しく上下させると、「すまない、水を」と呟いた。

アメリアは急いで水差しにある水をグラスに入れ、ジャスティンの口元に運ぶ。

ごくり、と一気に飲むと、「ふぅーっ」と大きく息を吐いた。

水を飲んで少し落ち着きを取り戻したジャスティンがぽつりと話し始めた。

「多分、抑精剤の飲みすぎで副作用が出たんだ。今の私は、君に触れたくて仕方がない。……あぁアメリア、やっぱり今夜は帰る、っよ」

ふらりと立ち上がったが焦点の合わない目をしている。

おぼつかない足取りで部屋を出ようとしたところで、アメリアが彼の身体を後ろから抱きしめた。

「ダメだよ、こんな身体で帰るなんて。もう少し体調が良くなるまで、休んで」

「だが……」

「そんな身体で帰られたら、心配で眠れないよ」

「……わかった、毎晩、強い薬を飲みすぎた反動だから、しばらくすれば落ち着く、と思う」

「ジャスティン、私にできることがあれば言ってね」

「ありが、とう」

はぁ、はぁと短く息を吐きながらアメリアを見つめる目が、次第に鋭さを増していく。

獰猛《どうもう》なその光にアメリアは、背筋をぞくっと貫かれた。

「ジャスティン……」

ジャスティンは二人掛けのソファーに横になり、長い足を投げ出した。

熱い身体を冷ますためにシャツのボタンが外され、逞《たくま》しい胸元がさらされている。

アメリアはジャスティンに近寄ると手を握りしめ、顔を胸の上に置いた。

「私、ジャスティンなら、いいよ。いっぱい、触れて」

「っ、そんなことを、言ってっ」

ドク、ドク、ドクと速い速度で心臓が動いている。

ジャスティンは戸惑いつつも片方の手をアメリアの後頭部に置き、髪を梳《す》き始めた。

「君、にはきちんと……、話したくて」

「うん、聞いているよ」

「夢だと思っているかも、しれないが、……以前、私は君に、触れてしまった」

「やっぱり、ジャスティンだったのね」

あの時の夢はやはり夢ではなかった。

首元に赤い印が残っていたのを鏡で見て以来、疑問に思っていた。

もしかしたら、夢と思っていたことは現実ではないかと疑ったけれど、まさかあのジャスティンが自分に触れる訳がないと思っていた。

それなのに、情熱的な瞳でアメリアを誘い、口づけを交わしたあの夢は本物だった。

優しく握られた手は既に一度アメリアの乳房を揉んでいる。

思い出すと、思わず腰の辺りが疼《うず》いてしまう。

それにしてもジャスティンは王太子の恋人なのに、愛を交わし合う二人なのに、受け役がキツイのだろうか。

元々、攻めたいジャスティンは王太子を攻めることができず、こうしてアメリアに触れることで発散しているのかもしれない。

愛されていなくてもいい、ジャスティンに触れてもらえるなら、——嬉しい。

「すまない、君が寝ているのを、いいことに」

「ジャスティン、大丈夫だよ。私からキスして、って言ったんだし。それに、私。ジャスティンがファーストキスの相手で嬉しかった」

「そんな、簡単に、私を許さないで、ほしい」

「そんなこと言ったって」

(きっと、殿下から攻められて大変なのね……、あんなにも苛烈な方だもの)

ジャスティンは抑精剤の反動で興奮していると言った。

アメリアに会いに来る時、性的な欲求を抑えるためにそんな強い薬を飲まないといけなかったなんて。

――それほど、攻めたい欲求が溜まっていたのね。

それなのに無理をして、アメリアの寝かしつけのために薬を飲んでまで来てくれていた。

だとすると、今の状態はアメリアのせいで苦しんでいるようなものだ。

(私にできることは、ないのかな)

抑精剤の反動ということは、性的な欲求が高まっている状態なのだろうか。

「ジャスティン、私が触れると、楽になるの?」

「あ、あぁ、アメリア。アメリアが傍《そば》にいるだけでっ……」

握られていた手をそっと外し、濡れタオルを手に持ったアメリアは、覚悟を決めるとゴクリと唾を呑み込んだ。

小さな手を下穿《したば》きの上のふくらみのところに載せ、その大きさを確かめるように上下に動かした。

「うっ、あ、アメリアっ」

「ここが、苦しいんでしょ?」

まるで棒のように硬くなっている。

初めて触れる男根は、先端のほうが傘を被っているようだ。

「触るね」

アメリアの少ない知識でも、男性はここを直接触れられると気持ちがいいと聞いたことがある。

下穿《したば》きを思い切って下着と共に下にずらそうとすると、その手をジャスティンが止めた。

「アメリア、ダメだ。きっと、見たら怖くなる」

「そんなこと言っても。ここが苦しいんでしょ？　だったら」

「なら、アメリア、君に触れさせてほしい。そのほうが……」

最後まで言い終わる前に、アメリアは自らジャスティンの薄い唇に口づけた。

自分の覚悟を、彼にも知ってもらいたかった。

そっと触れるだけのキスは、しかしジャスティンの理性を崩す一撃となった。


「んっ、……っはぁ、……ぁ」

思わず声が漏《も》れてしまう。

後頭部をジャスティンに押さえられたまま、彼の熱い舌が何度も入り込んでいる。

まるで、彼に蹂躙《じゅうりん》されているようだ。

ジャスティンの燃えるような欲望によって、アメリアも火を点《つ》けられて身体が熱くなっている。

アメリアはジャスティンの下穿《したば》きの上から、大きさを確かめるように膨らんでいる男根を上下に触っていた。

「はぁ、アメリア……」

ジャスティンの掠《かす》れた声が甘く響き、彼の欲情に濡れた瞳がアメリアを見下ろしている。

「っ、ジャス、ティン……」

触られるとそこは熱を持ったように熱くなり、ぞくぞくとした感触が背筋を通り抜ける。

ジャスティンの余裕のない舌がアメリアの下唇を湿らせ、上唇を舐めた。

顔を離そうとしても彼の手が押さえていて逃れられない。

口を開かされ、ジャスティンの熱い舌を迎えざるを得ない。

分厚い舌が歯列をなぞり、口の中の柔らかい部分を舐め回す。

アメリアの小さな舌だけでも逃れようとするが、ジャスティンは逃げれば逃げるほど、追いかけてくる獣のごとく舌を絡めてくる。

吸い付いて、ときにはわざと逃がしては追いかけて、また吸い出して絡める。

浅い知識で知っている口づけとは違う、執拗《しつよう》なキスに身体が震える。何か違う生き物に変えられてしまいそうだ。

「――っ、ぁはんっ」

自分からキスをしてジャスティンをけしかけた。

けれど、こんな吐息まで呑み込まれそうな重厚な口づけになるとは思いもしなかった。

ジャスティンに求められている。

今は薬の反動で激しく欲情しているだけだとしても、彼の欲望を全て受け止めたい。

熱烈な口づけとは違って、柔らかい指がアメリアのワンピースの前ボタンを外していく。

「アメリア……、もう少し、触れてもいい?」

丁寧に聞いてくる彼がもどかしい。

ジャスティンに愛されて、身体中に触れてほしい。

そんなことを言ったら、きっと幻滅されてしまうけれど思わずにはいられない——、アメリアはこれまで体験したことのない情欲に身を委《ゆだ》ねて、こくんと頷いた。

腰の辺りまでボタンを外されて、肩口からキャミソールも一緒に引き下げられると、白く盛り上がった乳房があらわになる。

「あぁ、きれいだ」

彼の吐息が肌にかかり、それだけで身もこころもふるりと震える。

胸の谷間に唇が降りてくる。

ジャスティンは両手でアメリアの胸のふくらみを支えると、手に余る重みを優しく揉みしだき始めた。

丸く盛り上がる乳房の形を這《は》うように揉み、そして既にぷっくりと膨らんだ先端を、指先で遊び捏《こ》ねながら柔らかく摘まむ。

「んんっ」

ジャスティンの濡れた唇が胸の頂《いただ》きに触れた。

それだけで甘い感覚に溺れ、声が喉の奥から漏《も》れてしまう。

それを聞いて気を良くしたのか、ジャスティンはアメリアを蹂躙《じゅうりん》するように、揺れる乳房に唇を押し付ける。

執拗《しつよう》な愛撫《あいぶ》にアメリアも息が浅くなっていく。

先端への刺激はだんだんと強くなり、芯を持ってきた乳首を口の中で転がされると、甘い疼《うず》きが腰に溜まってくる。

「あ……」

アメリアの手の中にあったジャスティンの滾《たぎ》りが、はちきれそうに昂《たかぶ》っている。

もっと、直接触ってみたい。

「私も、ジャスティンの、見てみたいの。いい？」

「君って人は、……全く」

複雑な顔をしたジャスティンは、観念したようにため息を吐いた。

アメリアから一旦離れソファーに座りなおすと、下穿《したば》きと下着をサッと脱ぎ捨てる。

上に羽織っていたシャツも当然のごとく脱ぐと、筋肉の筋が汗で光っていた。

初めてまじまじと見る彼の男根の昂《たかぶ》りに、思わず頬が火照《ほて》ってくる。

「どうしたら、いい？」

竿の部分を握りしめると、ジャスティンが小さく息を呑んだ。

「ね、こうしたら、気持ちいいの？」

アメリアの小さな手で、ふわりと握りながら竿を上下にゆっくりと擦《こす》り何度か往復すると、張り出した先端から透明な液体が現れる。

「……っ、はっ」

眉根を寄せたジャスティンが、大きな手でアメリアの手を止めた。

「これ以上は、ダメだ」

「どうして？　ジャスティンのここが、苦しいんでしょ？」

「何をしているのか、わかっているの、か？」

「それは……、わからない、けど」

一瞬、意地悪そうに金色の瞳を光らせたジャスティンは、「なら、わからせる」と言って、アメリアの手の上から己の手を動かして、竿を扱《しご》く。

アメリアの予想もしなかった速さで扱き始めると、びくびくと脈を打っているのがわかる。

「っ、くっ」

最後に強く握りしめ大きく扱いたジャスティンは、身を屈《かが》めて低く呻く。

すると先端から白く濁った液体が迸《ほとばし》り、一度では収まらないのか、二度、三度と震えながら吐き出した。

(す、すごい！　こんなにも……)

吐き出し終えると、棒のようだった楔《くさび》が力を失くしていく。

ジャスティンの手が外されると、アメリアもすぐに手を外して濡れたタオルを取り、飛び散った残骸《ざんがい》を丁寧に拭いた。

「ご、ごめん。……こんなこと、させて」

顔を真っ赤にしたジャスティンは、俯《うつむ》いて言葉を漏《も》らす。

少し興奮は収まってきたのか、大きく息を吸うと、ゆっくりと吐いた。

「ううん、私は何にもしていないけど、大丈夫？　薬の反動は、収まってきた？」

心配してジャスティンを見上げると、まだ顔が赤い。

目はアメリアのはだけたままの胸元を見ている。

「まだ……、まだアメリアが足りない」

「え？　ええっ？」

スッと立ち上がったジャスティンは、アメリアの肩に手を置くと、膝の辺りに腕を通し、横抱きにする。

急なことに驚いて身を硬くしたアメリアは、すぐに隣の部屋の寝室へ運び込まれた。

ぽすん、とベッドの上に大切な宝石のように置かれ、すぐにジャスティンが覆《おお》い被さってくる。

「アメリア、アメリアっ」

また息を荒らげ始めたジャスティンは、アメリアの身体に残っていた衣服を剥《は》ぎ取るように脱がせた。

もうアメリアの身体には両端を紐で結わえられたショーツしか残っていない。

ジャスティンも裸体のまま、惜しげもなく肌を寄せてぴたりとくっついた。

顔をアメリアのうなじの辺りに埋《うず》め、匂いを嗅《か》ぐ。

まだそこに残る歯形を忌々《いまいま》しく思いながらも、周辺を執拗《しつよう》に舐めて唾液を擦《こす》りつけていく。

「アメリア、私のアメリア」

懇願《こんがん》するような声で囁《ささや》き、身体を舐める。

匂いを残さずにはいられない、獣の本能のままに動くジャスティンに翻弄《ほんろう》されつつも、アメリアも足をギュッと挟んで疼《うず》きを逃がすようにこすり合わせる。

疼《うず》きに気がついたジャスティンが指でそっとアメリアの濡れそぼった秘所に触れると、甘い刺激に全身がぴくりと震える。

「濡れているのが、布の上からでもわかるよ」

「そっ、そんなことっ」

恥ずかしいから、言わないで――、と口にする前に、唇でふさがれる。

汗ばむ肌の温《ぬく》もりを感じながら、ジャスティンはアメリアの最後の砦《とりで》となっていたショーツの紐をほどくと、するりと取り去った。

「んっ、っんんっ」

「もう、ぐずぐずになってる」

指の腹でアメリアの花芽をこすり、滴《したた》り始めた蜜をそこに擦《こす》りつける。

小刻みな振動を与え、何度も指を往復させるとアメリアの腰が上がってくる。

「あぁっ、あっ、ダメぇっ」

執拗《しつよう》な愛撫《あいぶ》を与えつつ、ジャスティンはアメリアを探るように見つめていた。

どこを、どう触れればアメリアが感じるのか、確かめながら触れていく。

指を二本に増やし、ゆっくりと蜜をつけて花芽を擦《こす》ると、アメリアの身体がぴくぴくと痙攣《けいれん》した。

「つはぁっ、ああ……、あんっ」

あっけなく頂上に持ち上げられ、アメリアは果てて頭の中が真っ白になる。

呼吸が整わないうちに、アメリアの秘所にジャスティンの肉楔がぴたりと当てられた。

「あっ」

霞《かすみ》の晴れない頭で彼を見上げると、せつなげに眉根を寄せたジャスティンが、浅く息を繰り返しながら肩を上下させている。

一度達したことで、愛蜜が十分に流れ出している。

それを硬く立ち上がった肉楔にまとわせると、ジャスティンは掠《かす》れた声で言った。

「最後までは、しないから」

ジャスティンは口をギュッと結びながら、腰を動かし始めた。

ゆるゆると、花芽が肉楔で擦《こす》られる。

最後まで挿入しないでも快《こころよ》くなることができるのか、わからないながらもされるがままにアメリアは身体を預けた。

「んっ、んんっ」

両足を持ち上げられると、肉楔が太腿の間に入ってきて、先端が花芽を擦《こす》る。

足を持ち上げられたまま花芽を刺激され、次第に中の真珠がぷくりと姿を現す。

短く息を吐くジャスティンの動きが一層激しくなると同時に、アメリアもつま先をピンと伸ばし快楽を逃がした。

思い切り引いた楔《くさび》が次の瞬間に素早く差し込まれると、強い刺激が花芽に与えられる。

「はぁっ、ああっ、こすっちゃ、あんっ」

「アメリアっ」

ずくずくとした疼《うず》きが腹の奥から膨れ上がり、快感に変わる。

ジャスティンの掠《かす》れた声で名前を呼ばれた途端、何も考えられなくなる。

彼の肉楔に蜜口をも擦《こす》られて、快感が一気に弾けた。

「——、ああっ！」

「っつ、くっ」

裸の下腹部に熱い飛沫《しぶき》が飛び散る。

一度目とさほど変わらない、その勢いに慄《おのの》きつつもアメリアは荒い息を整え胸を上下させた。

ジャスティンも息をふーっと大きく吐き、アメリアの足をそっと置く。

するとジャスティンはその白濁したものを指先で拭《ぬぐ》い取って、アメリアの口元に持ってきた。

「ちょっとだけでいい、舐めて」

「ん」

言われるままにペロリと舌を出して、その指先を舐めると口の中にジワリと苦い味が広がった。

「苦い」

「ごっ、ごめんっ、つい……、こうすると匂いが強まるんだ」

それなら、とジャスティンの手を押さえて、残りの雫《しずく》を全て舐めとるために舌を這《は》わせる。

するとジャスティンは慌てて手をひっこめた。

「全く、君って人は！」

「だってジャスティンの匂い、もっとつけたかったの。この匂いのおかげで助かったんでしょ？」

「そうだけど、いや、それだけじゃなくてっ」

顔を赤くして慌てふためくジャスティンを可愛らしい、と思ったことはナイショにしておこう。

初めて肌と肌を合わせるほどの濃密な時を過ごしたけれど、二人の間にはまだ大きな誤解が残っている。

その後、傷口を避けながらアメリアのうなじを舐めたジャスティンは、薬の反動がなくなったことを確かめると時間がなくなったと言い、再び狼に姿を変える。

この夜も、狼は部屋を出て闇の中に溶けていった。


日の光を浴びて目覚めると、まるで夕べのことが夢のように感じる。

けれど、胸に散らばる赤い痕《あと》は昨夜の交わりが嘘ではないことを証明していた。

「夕べは、薬の反動だから激しかったのかな……」

ジャスティンは我を忘れたように、アメリアの身体を愛撫《あいぶ》した。

夢だと思っていた愛撫《あいぶ》は全て本物だった。

けれど彼は王太子の恋人だ。

今のアメリアは王太子の恋人であるジャスティンに浮気をさせているのではないか。そう思うと気が気ではない。

「もう、こんなことしちゃ、ダメだよ……」

たとえジャスティンのはけ口だとしても、相手をしてしまうアメリアも同罪だ。

次にもしもあんなふうに快楽に流されそうになったら、ジャスティンを止めなければいけない。

それでも幼い頃からずっと彼のことが好きで、ジャスティンのお嫁さんになることが夢だった。

その彼から求められると、身体の奥底から悦《よろこ》びが湧き上がってくる。

「ジャスティン、好き。でも、もう……」

遠いものを追うような声で、アメリアは呟いた。

第四章

夜になると、狼の姿となったジャスティンが再びやって来た。

闇夜にもかかわらず、金色の目を光らせながら堂々たる足取りで部屋に入ってくる。

ジャスティンは小さな箱を咥《くわ》え、アメリアの前にポトリと落とすと開けてみて、と首を振る。

「ジャスティン、狼のままなの？」

「クゥーン」

どうやら獣化を解く気がないのか、狼から姿を変えない。

アメリアが箱を手に取ってみると、どうやらお菓子が入っているようだ。

「これをくれるの？」

「ウォン」

そっと包み紙を広げ中身を見たら、カラフルなマカロンが入っていた。

幼い頃、色とりどりの花を集めてくれたジャスティンを思い出して、こころがホッと温かくなる。

アメリアは可愛らしいパステルグリーンのマカロンを一つ摘まんだ。

「わぁ、美味《おい》しそう」

目を輝かせて緑のそれを見る。

アメリアは甘いものが好きで、鮮やかな色のお菓子は特に大好きだった。

口の中に入れると、甘さが広がってくる。

「小さい頃は、ジャスティンによく食べさせてもらっていたよね」

「ワォン」

「でも、今夜はどうしたの？　これ、人気のお店のものだよね」

「クゥーン」

「……、もしかして、ごめんなさい、ってこと？」

狼は首を縦に振って頷いた。

昨夜は抑精剤の反動で苦しんでいたとはいえ、アメリアは彼に翻弄《ほんろう》されて肌を合わせた。

アメリアに後悔はないけれど、ジャスティンにしてみれば無理やりだったと思っているのだろう。

「大丈夫だよ、ジャスティン」

「クゥーン」

寝る前だから一つにしておくね、と言ったアメリアは、マカロンの入った箱を棚の上に置いた。

狼はアメリアの服の袖をひっぱると、鏡台の前に連れてきて獣用ブラシを鼻先でつつく。

「あれ？　ブラッシングしてほしいの？」

「ワフォ」

ジャスティンが喜ぶのであればなんでもしたい。

アメリアはブラシを持つと、いつものように座る狼の背を梳《す》き始めた。狼は目を細め気持ち良さそうにしている。

「疲れてない？　ジャスティン。毎日、捜査しているって聞いたよ」

「ワォン」

「無理しないでね。私のことなら心配しないで。もう一人でも眠れるから」

「クゥーン」

そう言いながらも、本当はジャスティンと会えるのは嬉しい。

でもアメリアはあることを決意していた。

これからそれを彼に伝えることを思うと複雑な気分になる。

一通りブラッシングを終えると、すくっと立ち上がったジャスティンはアメリアを寝室のほうへ導くため、裾を引っ張ろうとする。

「ジャスティン、待って。もう、一緒に寝るのはダメだと思うの」

「ワフォ？」

強い口調で伝えると、狼のままのジャスティンは首をかしげ、不思議そうな目をしてアメリアを見つめる。

「私、殿下の恋人のあなたとこれ以上、こんなふうに過ごしちゃいけないと思うの」

狼はビクリ、と身体を一瞬揺らした。

「だから、もう……、来ちゃダメだよ」

狼から目を逸らし、俯《うつむ》きながらアメリアは決意を口にした。

狼の姿といえどこれ以上、王太子の恋人と同じベッドで横になることはできない。

その強い意志を示すように、アメリアはぎゅっと手を握った。

「もう、来ないで」

「アオーン！　アオーン！」

激しく抵抗するためにか狼は吠えるが、アメリアには何を言っているのかわからない。

アメリアはもう一度、声を震わせてジャスティンに伝えた。

「もう、二人では会えないの、ジャスティン」

涙を一粒頬に零《こぼ》し、アメリアは悲痛な声を絞り出す。

するとジャスティンはその場で素早く獣化を解き人間の姿となって、震えているアメリアをふわりと抱きしめた。

「アメリア……、そんなことを言わないでくれ」

「ジャスティン、でも！」

思わず顔を上げると、ジャスティンが瞳の中に憂《うれ》いを秘め、アメリアを見つめている。

ドク、ドクと胸の音が痛いほど鳴り始めた。

「でも、あなたのことを諦めなきゃ……、いけないって、ずっと……、私」

「なぜ諦める必要がある！　私はここにいるんだ、アメリア」

「そんなこと言っても、あなたは、……殿下の恋人なのよ。そんな人と、もう、こんなことしちゃダメだって……」

「アメリア！」

ジャスティンはもどかしそうにギリ、と奥歯を噛みしめるが、言い訳もしない。

ただ、瞳を揺らしてアメリアの名を呼んだ。

「アメリア、信じてくれ。今は、殿下の命令があってまだ言えないだけで……」

「いいの、ジャスティン。もう、私は大丈夫だから、……もう来ないで」

「違う！　違うんだ！」

アメリアが苦しげに吐き出した声をかき消しながら、ジャスティンは身体を引き寄せた。

呼吸が止まるほどに強く、逃れることを許さないとばかりに掻き抱かれる。

「ダメだ、アメリア。君は！　君だけは！」

ジャスティンは切なげに眉根を寄せて、まっすぐにアメリアを見つめた。

次第に瞳の色を変え、掠《かす》れた低い声で言った。

「……もう、離すことなんてできない」

アメリアの顎《あご》を持ち上げると、有無を言わさず唇を触れ合わせる。

二度、三度とまるで食《は》むようにアメリアの唇を挟む。

抵抗しても、呼吸まで奪い取られる勢いで口づけられた。

「ジャスティン」

「好きだ、好きなんだ、アメリア……、君だけなんだ」

苦しげに声を吐き出したジャスティンは、背中に回した腕をほどきアメリアの手を包み込むと、金色の瞳を揺らしながら懇願《こんがん》した。

「頼む、時間がほしい。必ず説明するから、もう少しだけ待ってほしい」

「ジャスティン、でも、ダメだよ、こんなこと……」

「……っ、だがっ」

「お願い、もうっ、もう帰って！」

昂《たかぶ》る感情のままにジャスティンの手を払い、アメリアは彼の身体を両手で押しのける。

ぐらりと身体を傾けたジャスティンは、隠しきれない動揺をあらわにした。

「アメリア、聞いてくれ」

「もう、来ないで」

俯《うつむ》きながらスカートの裾をキュッと掴み、身体を小刻みに震わせるアメリアを見て、ジャスティンは言葉を失くす。

自分の言葉が今のアメリアには届かないと悟ったのか、ジャスティンは後ろによろけると狼に姿を変えた。

肩を震わせてすすり泣くアメリアをそのままにして、狼は窓から出るとその姿を消した。

翌朝、泣き腫らした目をしたアメリアは届けられた花束を見て、ほうっとため息を漏《も》らした。

色とりどりの花束は、毎年誕生日になると送り届けられていたものと同じだ。

(やっぱり、あの花束はジャスティンだったのね)

昨夜のことを謝罪したいと、花と一緒にメッセージカードが添えられている。

そこにはジャスティン・ルーセルの名前が記《しる》されていた。

初めて、花束に差出人の名前が書かれている。

「ジャスティン……」

彼は殿下の恋人のはずなのに、まるでアメリアが真実の愛の相手のごとく身体を抱きしめ口づける。

「どうして」

どうして何も教えてくれないのか。

殿下の命令で話せないことがあると言っていたけれど、それは何なのか。

気になることが多すぎて、ジャスティンの気持ちがわからなくて混乱する。

――本当のことを教えてほしい。

アメリアは項垂《うなだ》れるように花束に顔を近づけ、ふわりと香る花々に懐かしさを感じる。

けれど、どうしようもない気持ちの置き場が見つからなくて、アメリアは花束をギュッと握りしめた。

◆

警護団の詰所では、マクゲラン対策として新たな作戦が話された。

担当騎士から報告が上がるのを、ナサナエルとジャスティンは聞いていた。

「これまでの捜査から、マクゲランはゼルデメール侯爵、もしくは侯爵支持派による依頼で脅迫、誘拐を実行していると思われます。キャサリン嬢が将来の王太子妃となることを妨害し、かつ高額な身代金を目的とした犯行でしょう。ただ、決定的な証拠がまだなく、侯爵閣下の調査は未だ不十分です」

「ゼルデメールか、確かに証拠を突き付ける必要がありそうだな」

ナサナエルの指揮により、マクゲラン一味を支援している貴族が浮かび上がってきた。

だが、まだ証拠が足りない。

「閣下、オルコット公爵令嬢についてですが、新たな情報として、ドーズ侯爵家でのお茶会時に襲撃が計画されている模様です」

「ドーズ家でのお茶会？　彼女が招かれているのか？」

「はい、どうやらオルコット公爵の代理で、キャサリン様が出席なさるようです」

「お茶会か……、また、こんな時に！　キャサリンも怖いだろうな」

頬杖をついたまま考え込むナサナエルを見た担当騎士が、「よろしいでしょうか」と言って提案した。

「殿下、これを機会にマクゲラン一味の本拠地を叩くことができるのでは？」

「どういうことだ？」

「囮《おとり》作戦です。公爵令嬢の馬車を囮《おとり》に、マクゲラン一味をおびき寄せるのはどうでしょうか？」

「なるほど、囮《おとり》か」

危険は生じるものの、うまくいけばマクゲラン一味の本拠地を暴くことができる。

大切なキャサリンを犠牲《ぎせい》にすることは避けたいが、襲撃が事前にわかっているのであれば、捕まえやすいとも言える。

ナサナエルは作戦について検討するように指示を出した。

「殿下、少しお時間をいただけますか」

「どうした、ジャスティン」

「私と殿下の関係についてです。偽の恋人関係であることを、せめてアメリアだけにでも真実を伝えさせてください」

「……、そのことか」

「はい、先日、アメリアから責められました。殿下、せめて彼女だけには、説明させてください！」

「そうだな、そもそもはキャサリンを誘拐犯から守るための作戦だったが、残念ながらあまり効果はなかったようだしな。お前にも我慢をさせてしまい、すまなかった。公《おおやけ》にするのは事件が解決してからとしても、そうだな。大切な身内にはそろそろ話してもいいだろう」

「殿下！　ありがとうございます！」

「いやなに、俺もそろそろキャサリンと話をしたいと思ったところだ。囮《おとり》作戦を実行するなら、彼女の協力は必要だからな」

「……、殿下！」

ようやく、アメリアに真実を話すことができる。

ジャスティンは湧き上がってくる喜びを隠すことができず、思わず拳を握りしめた。

◆

毎日届けられる花束がアメリアの部屋を埋め尽くしていく。

いい加減、花器が足りなくなってきたところでクリフォードが声をかけた。

「アメリア、最近元気がないみたいだけど、調子はどうだ？」

「お兄様」

「ジャスティンとは、うまくいっているのか？」

「……もう、来ないと思う」

「アメリア？」

「もう殿下の恋人を誘惑することはできないって、伝えたの」

「そうか、……実はジャスティンからお前に会って謝りたいと、俺に頭を下げに来たよ。もしお前が良ければ会ってみないか？」

「ジャスティンが、お兄様に？」

「あぁ、必死になって俺に食い下がってきたぞ。お前に会わせてほしいって」

未だに複雑な気持ちになるが、このまま距離ができるのも辛い。

会いたい、と言ってくれるのであれば会ったほうがいいのだろうか。

悩ましい思いが顔に出ていたのか、クリフォードが眉根を寄せて心配そうに声をかけた。

「アメリア、一度話を聞いてみろよ。お前にとって大切なことかもしれない」

「お兄様がそう言うのなら」

結局、クリフォードの言う通りアメリアはジャスティンと会うことに決めた。

連絡するとジャスティンは騎士服を着たまま、スティングレー伯爵家に飛び込むようにしてやって来た。


以前より少しやつれた顔をしたジャスティンが息を切らしながら到着すると、伯爵家の執事は庭園にある東屋《あずまや》に彼を案内した。

「アメリア、会いたかった」

低い声でジャスティンに名前を呼ばれ、ドクン、とアメリアの心臓が跳ねた。

ようこそ、と労《いた》わりたくても、ことばが上滑りする。

結局出てきたのは彼の名前だけだった。

「ジャスティン」

「ようやく、殿下の許可をもらえたよ。これまでのことを説明する。本当に、待たせてしまって……」

アメリアに向かい、ジャスティンは深く腰を折り頭を下げると真剣な声で謝り始めた。

「アメリア、申し訳なかった。実は私とナサナエル殿下は恋人の演技をしていたんだ。君を騙《だま》すようなことをして、こころから謝罪をしたい」

「ジャスティン！」

「これまで六年間、君に何も言えず申し訳なかった。そのことも謝りたい」

ジャスティンは頭を下げたまま微動だにしない。

さすがにアメリアも、ここまでしっかりと謝ってくれるとは思っていなかった。

「ジャスティン、頭を上げて。そして理由を教えて。そうしたら、あなたの謝罪を受け入れるわ」

「ありがとう、アメリア」

ここに座って、とアメリアは円形のベンチの隣を指し示す。

バッと頭を上げた瞬間に髪を少し乱したジャスティンは、そこに座るとアメリアの空色の瞳を愛おしそうに見つめた。

「ようやく、こうして君に伝えることができる。あれは演技だったんだ」

「演技って、どういうことなの？」

「殿下がキャサリン嬢を誘拐犯から守るためについた、嘘なんだよ」

「そんな」

驚きを隠せないアメリアの手を、ジャスティンが握った。

「アメリア、話を聞いてほしい。キャサリン嬢は王太子妃という立場になるせいで脅迫されている。犯人の目を逸らすために、殿下が私を真実の愛の相手だと言って、演技することになった。だから、本当の恋人ではない」

「そんな、二人でキスしていたわ！　私、見ていたのよ。夜会の噴水のところで」

「夜会で、噴水のそばで……って、あの時か！」

目を見開いたジャスティンは、驚きのあまり唖然《あぜん》として息を呑んだ。

「ア、アメリア、あの時は殿下の目の中のゴミを見ていただけだ」

「ゴミ……？」

「そうだ、目が痛いと言うから、顔を近づけていただけで……、そうか、キスしていたように見えたのか」

ふうっ、とジャスティンは手を額《ひたい》に置いて、まいったという顔をしている。

アメリアはそれでも信じられなかった。

「それに、オルコット公爵家の舞踏会が始まる前に、その、二人で部屋にいて……、殿下がジャスティンの上に乗っていたわ！　あれは、その、そういう行為をしようとしていたんでしょ？」

「なっ、あ、あれも見ていたのか？」

「だから、ジャスティンは受け役なんだなって。殿下は苛烈な人だから、ジャスティンも受けてばかりだと、その、大変だから、その、攻めたくなって私を……。私を殿下の代わりと思って、攻めてしまったんでしょ？」

「な、何だって？　私が受け……」

アメリアの盛大な勘違いを聞いて、ジャスティンは思わず口をぽかんと開けてしまう。

「ち、違う！　アメリア、どうしたらそんな勘違いを」

「だって、殿下と一緒にいるジャスティン、二人ともとっても素敵で。すっごくお似合いだと思ったの。障害の多い恋かもしれないけど、二人で乗り越えようとしているんだって」

「なんてことだ」

ジャスティンは手を解いて、アメリアの両肩に手を置いた。

瞳をまっすぐに向けると、真剣な面持ちでアメリアに語りかける。

「アメリア、違うんだ。あれはダンスの練習をしていて、ステップを間違えて転んでしまった。そのタイミングで殿下が私の上に倒れ込んできた。その瞬間を見たのだろう」

「そんなこと、急に言われても」

「とにかく殿下とは何もない。頼む、これだけは信じてほしい」

「わかったわ。ジャスティン」

ジャスティンはしきりに違うと言うが、果たして信じていいのかアメリアには判断がつかない。

王太子が舞踏会ではっきりと宣言した声がまだ、耳に残っている。

「アメリア、君は誤解をしている。私は殿下に忠誠を誓った騎士だから傍《そば》にいるだけだ」

「ジャスティン、そうならいいなって思っていたけど……。ごめんなさい、簡単には気持ちを切り替えることができなくて」

「あぁ、アメリア！」

ジャスティンはアメリアを抱き寄せた。

待って、と言うアメリアの声をかき消すように、頭を胸元に引き寄せ後頭部を大きな手で包み込む。

「しばらく、頼むからこのままでいさせてくれ。君の温《ぬく》もりを、感じていたい」

「ジャスティン、でも」

「何もしない、何もしないから、今は」

ジャスティンは戸惑うアメリアを包み込み、抱き寄せた姿勢でいる。

ドク、ドクと胸の鼓動が彼にも届くのではないかと思ってしまう。

「アメリア、私も君の誤解を聞いて、どうしたらいいのかわからない」

いつもアメリアを翻弄《ほんろう》するジャスティンが弱音を吐いている。

悩ましいほどに掠《かす》れた声にアメリアもつい、ほだされそうになる。

けれどあれだけ悩んで、泣いて枕を濡らしてきたからには、簡単には許せそうにない。

「ジャスティン……」

「あぁ、このまま君をさらってしまいたい」

「な、さらうなんてどうして？」

「アメリア、ずっと君だけが好きなんだ」

「そんなこと、言われても……、これまで話しかけてもくれなかったのに」

「両親から止められていた」

「どういうこと？」

「アメリア、君は私の番《つがい》だ。魂の求める伴侶なんだ」

アメリアは思わずぐっと息を止めた。

(私が、ジャスティンのつがい？　魂の伴侶？　どういうことなの？)

「君は人間だから、わからないかもしれないけど、私は幼い頃からアメリア、君のことが――」

「ジャスティン、待って。幼い頃からって、どうして教えてくれなかったの？」

「それは、その……」

言いよどみながらも、ジャスティンはこれまで接触を絶ってきた経緯を話した。

アメリアの両親も全て娘を守るための判断であり、決してアメリアと引き離そうとした訳ではなかったことを説明した。

「ジャスティン、本当に？　私のこと、ずっと好きだったって本当？」

「あぁ、本当だ。私にはずっと、ずっとアメリア、君しかいないんだ」

ジャスティンはようやく想いを告げることができて、安心したのか大きく息を吐いた。

「そんな、私……」

「ごめん、一気に伝えることになって。でも、アメリア。私は君が一番大切で、一番、愛している」

トクン、と心臓が鳴る。

ジャスティンの口から、まさか愛しているという言葉を聞くことができるとは思っていなかった。

彼のこころは王太子にあると思っていたから、なおさらすぐに受け止めることができない。

「ジャスティン、私まだちょっと混乱していて」

「あぁ、アメリア。大丈夫、落ち着くまで待つよ」

「ジャスティン」

彼が王太子の恋人でなかった、その事実だけでも混乱しているのに、さらにアメリアはジャスティンの番《つがい》だという。

これまでジャスティンが冷たい態度をとってきた理由も知ることができた。

嬉しい、嬉しいけれど今は少し一人で頭の中を整理したくなる。

アメリアがジャスティンにそう告げると、彼は「わかった」と言って腕を解いた。

長居してもいけない、そう判断したジャスティンはスッと立ち上がる。

「また、会いに来るよ」

「それは……」

「事件が解決するまで、しばらく忙しくなる。けど、君に会えないのはもっと辛い。六年間も離れていたから、これからはきちんと会話していこう」

「わかった、ジャスティン」

「……っ、アメリア」

ちょっとだけ、とジャスティンはアメリアの唇に軽く唇を合わせた。

そして名残《なごり》惜しそうにしながら東屋《あずまや》を離れていく。

アメリアはジャスティンの触れた唇に手を置いたまま、彼が去っていく後ろ姿を眺めていた。


「アメリア、また詰所に行く予定があるけど、一緒に行かないか？」

「お兄様」

「あぁ、たまには外に出かけるのもいいだろう」

クリフォードはアメリアの元気のない様子を見て、声をかけてきた。

まだ気持ちの整理がついていないが、外の空気を吸うことでリフレッシュするのもいいかもしれない。

それに警備隊の詰所に行けば、昼間のジャスティンと会えるかもしれない。

一目でもジャスティンを見てみたいと、差し入れ用のクッキーを急いで用意した。

「お兄様、用意ができました。いつでも出かけられます」

「よし、では早速行こうか」

クリフォードに続いて馬車に乗ると、アメリアは二人きりになってから問いかけた。

「お兄様、実はジャスティンから私が彼の番《つがい》だと聞きました。お兄様はご存知でしたか？」

「あぁ、とうとう聞いたか。知っていたよ、随分前にね」

「やはり、そうだったんですね」

こっそりと教えてくれていれば、これほど苦しむこともなかったのに。

責める気持ちが湧き上がるが、今更クリフォードにぶつけても仕方がない。

「父上と母上を恨むなよ。二人ともお前のことを思って、アメリアに知らせないでおこうと決めたんだ」

「はい、それも聞きました。全て私を守るためだった、と」

「そうだな。まぁ、俺としてはお前があれだけジャスティンを好きだったんだから、ここまで厳しくしなくても良かったと思う。だが父上もジャスティンの両親と話し合って決めたことだ。変えるに変えられなかったんだろう。お前が十八歳になるまで、接触するなってこと」

馬車の車窓から街並みがよく見えた。

人々の行きかう王都の中ではスピードを出す訳にはいかないと、二人を乗せた馬車はゆっくりと走っていく。

「それで、ジャスティンとは話ができたのか？」

「えぇ、少しはできたかな」

「殿下のことは、聞いたか？」

「はい、あれは演技だって言っていました。キャサリン様が狙われたので、その狙いを外すためだったと。でもキャサリン様と間違われて私が襲われたということは、それも役立っていないと聞いています」

「そうか、やはり演技だったのか」

「はい、そうみたいですね」

クリフォードはくしゃっと頭の毛を掻くと、はぁーっと大きなため息を吐いた。

「お前も、大変だな」

「お兄様？」

「ジャスティンの番《つがい》でさえなければ、こんなにも苦労することはなかったかもな」

「でも、苦労にも意味があるのかもしれませんよ」

「アメリア？」

「私、これまで自分から行動するのが怖かった。でも動かなかったから、誤解も生まれてしまって」

「そうだな」

「だから、これからは怖がらずに動きたいのです。こんな簡単なことも、苦労してみなければわからなかったと思うの」

「お前は、よく頑張っているよ」

クリフォードも窓枠に頬杖をつき、外を見ている。

ジャスティンから番《つがい》と聞かされて、昨日は嬉しさよりも戸惑いのほうが大きかった。

番《つがい》であったのなら、なぜここまで苦労しなくてはいけなかったのか。

番《つがい》だからもっと一緒にいられたのではないか。

せめて知ってさえいれば待つことも苦ではなかったのに。

でも、そう思えば思うほど、恨みたくなる自分に気がついて嫌になる。そうした負の気持ちに囚われたくない。

アメリアは移り変わっていく風景を見ながら、少しずつ変化していく自分を感じていた。

街中の眩しい日の光の中を進むとようやく、馬車は警備隊の詰所に到着した。受付に行きジャスティン宛《あて》の差し入れを預けようとしたところで、警備隊と思《おぼ》しき者たちが歩いて来る。

「おい、ハルバード（斧槍）が盗まれたことを聞いたか？」

「あぁ、あれは重すぎてイアンにしか扱えないから、多分あいつだろうな」

「イアンがハルバードを使うとなると、強敵だな」

「さすがに拳闘とは違うよな。あいつは斧の名手だったからな」

すれ違いざまに聞いたその内容は、どうやらアメリアのうなじを噛んだ熊獣人のことのようだ。

「それに去り際に女のうなじを二回、噛んだってことだ」

「なんだって？　その女も災難だな。……、熊は一度執着した人間をまた襲うらしいから、イアンも執着しているだろうな」

「二回ってことは、三回目があるっていうメッセージだろ？」

「厄介なことだ」

「あぁ、確かに」

イアンがまた自分を狙うかもしれない？　そんなことは聞いていない。ゾワリ、と背筋が凍る。ぼんやりと巨体がのしかかってきたことを覚えている。またあの巨体に襲われるかと思うと、恐怖が悪寒のようにアメリアの身体の奥を走り抜けた。

「どうした？　アメリア」

「い、いいえ、お兄様。大丈夫です、なんでもありません」

「残念だが、ジャスティンは出かけているようだ。また今度にしよう」

「はい、わかりました」

唇の色を変えたアメリアは後ろを振り返ってみるが、騎士服を着たジャスティンの姿を見ることは叶わない。

（――会いたい、ジャスティンに一目でいい、会いたい……）

ジャスティンに抱きしめてもらい、何も恐れることはないと言ってほしい。

アメリアは改めて、自分にとってのジャスティンの存在の大きさを身をもって知った。


「アメリア、オルコット公爵家から招待状が届いているよ」

「オルコット公爵家？　キャサリン様のことかしら？」

詰所から帰ってくると、お茶会への招待状が届いていた。キャサリンの手書きの手紙を見ると、じんわりと嬉しさが込み上げてくる。

「はい、すぐに出席でお返事しますね、お父様」

「あぁ、お前も楽しんでくるんだよ」

「えぇ」

キャサリンはアメリアに初めてできた親しい令嬢だ。身分ははるかに高いのに、それを笠に着ることもなく反対に心配りをする優しい方だ。

そのキャサリンから昼間のお茶会に誘われたとあって、アメリアは急いでデイ・ドレスを用意する。キャサリンは落ち着いた青系統の色が好きだから、自分は黄色系の色にしておこう。アメリアは自分の金髪に映《は》える淡い黄色のドレスを探し始めた。

「キャサリン様、お招きくださり、ありがとうございます」

「アメリアさん、あれから具合はどうですか？」

「はい、大丈夫です。次の日から元気にしていました」

好天に恵まれた今日、オルコット公爵家のお茶会に招かれたアメリアは、早速キャサリンに挨拶をする。

彼女はアメリアが身代わりとなって誘拐されかかったことを、ひどく心配していた。

「アメリアさんには本当に申し訳なくって。私がお揃いのドレスを着ようと言ったばかりに、間違えられてしまって本当にごめんなさい」

「いいんですよ、キャサリン様。私が身代わりになったことで、キャサリン様を守ることができました。こんな私でもお役に立てたことのほうが嬉しいです」

「そんなことを言って、アメリアさん」

キャサリンはアメリアの手を取ると瞼《まぶた》を震わせた。

「キャサリン様、私、こうしてお話することができて本当に嬉しいです。今まで恥ずかしくてお声をかけることもできなかった私なのに」

「私のほうこそ、これからも仲良くさせてね」

「はい、喜んで」

二人でふふふと笑い合うと、お菓子が並んでいるテーブルのところに行きましょう、とキャサリンはアメリアを導いた。

今日はお茶会とあったが、呼ばれたのはアメリアだけだった。

広大な庭を眺めることができる一角に、簡単な屋根のある東屋《あずまや》がある。

そこで日差しを避けながらガーデンティーパーティーをするのがキャサリンのお気に入りなのだそうだ。

「私もね、外出禁止になって、息苦しくなってしまったわ。でもこうしてアメリアさんとゆっくりお話ができるから、それはそれで嬉しいわね」

キャサリンも誘拐を恐れ外出していないが、三日後にはかねてより招待されていたドーズ侯爵家でのお茶会があり、そこには行く予定だという。

「このお茶会は、お父様のお付き合いもあって外せないの」

「そんな、キャサリン様。今、お出かけしても大丈夫なのですか？」

「そうなの。私が外出するとなると、警備人員の配置を考える必要があるし、本当は避けたいの。でも、お父様の代理だから仕方ないわ。だから今日はこの後、警備の責任者が来るって聞いているの」

優雅に紅茶を飲む姿からは想像できないが、キャサリンはあの日、ジャスティンと絡んでいたナサナエルの姿を見て涙を堪《こら》えていた。

アメリアはジャスティンから二人は偽の恋人だと聞いているが、キャサリンは知っているのだろうか。

もし知らないのであれば伝えたいけれど、自分から伝えても信憑性《しんぴょうせい》も何もない。

やはり当事者が伝えなければいけないことだと思い直し、アメリアは複雑な気持ちになりながらもキャサリンの話を聞いた。

「本当はね、誘拐とか襲撃とか怖いの。でも、警備の方たちを信頼しないとね」

「それは何とかできないものでしょうか」

「そうね、アメリアさんが一緒なら不安も少なくなるかしら」

「キャサリン様」

アメリアは不安になるが、キャサリンは父親の代理だからと既に行くことを決心している。

どう励ましたらいいのだろうかと思っていると、玄関のほうから慌ただしい声が聞こえてきた。

公爵家の召使の一人が走って来て、キャサリンに耳打ちする。

「ええっ、ナサナエル殿下が来ているの？」

「はい、今ご到着されまして、お嬢さまにお会いしたいとこちらに来られます」

「なんですって？」

キャサリンが振り返ると、ナサナエルがジャスティンを従え、立っていた。

「キャサリン、それにアメリア嬢。申し訳ないがしばらくお邪魔させていただくよ」

「殿下！」

キャサリンがナサナエルを呼び止めると、彼はすまなさそうな顔でキャサリンに言った。

「キャサリン、できれば二人で話ができないかな」

「殿下、どうして」

「君に謝りたいことがある」

「っ、わかりました。アメリアさん、申し訳ないけど少し席を外させていただくわね」

「はい、キャサリン様」

キャサリンは席を立ち、王太子に連れて行かれるように歩いていく。

すると、アメリアとジャスティンがその場に残された。

「ジャスティン、殿下の護衛はいいの？」

「この距離であれば大丈夫だ。公爵邸の中だしね」

「そうなの」

二人きりになってしまったけれど、ジャスティンは東屋《あずまや》の外に立ち、王太子の進んでいった方向を見ている。

「ジャスティン、この前のことなんだけど」

「うん」

「私、あなたの番《つがい》……、なのよね」

「あぁ」

アメリアはティーカップをテーブルに置くと、ジャスティンを見つめた。

「私、もう怒っていないわ」

「アメリア！」

「全部許せるかっていうと、ちょっと複雑だけど、これからはきちんと話してくれるなら」

「あぁ、もう君に秘密はつくらないよ」

「それなら、あなたを許すわ」

「……っ、ありがとう」

ジャスティンがか細い声で礼を言うと同時にキラリと光る水滴が落ちる。

アメリアはようやく胸の中にあった、重い枷《かせ》を外すことができたようでホッと息を吐いた。

「だから、また来てね」

「いいのか？」

「うん、その……、狼姿なら」

「わかった」

二人は短い言葉を交わすだけだった。

ここはオルコット公爵家で、二人は王太子とキャサリンを待っている身だ。

それでもこれまでにないほど、ジャスティンとの距離の近さをアメリアは感じていた。

キャサリンが王太子の後を歩いて戻ってくると、二人はアメリアと共に席につく。

ナサナエルはアメリアのほうを向き、改めて謝罪の言葉を伝えた。

「アメリア嬢、君にも謝りたい。ジャスティンに恋人のふりをさせるために、振り回してしまったことを許してほしい」

「そんな、殿下！　謝罪だなんて恐れ多いです。ジャスティンからも聞いています。キャサリン様を守るためだったのですから、意味のあることだったんです」

「それはそうだが、結局のところ敵を欺《あざむ》くことができなかったばかりか、君が襲われることになってしまった。改めて謝罪させてほしい」

「ナサナエル殿下、わかりました。謝罪を受け入れますから、どうか頭を上げてください」

律儀にアメリアに頭を下げていたナサナエルは、その言葉を聞いて頭を上げる。

アメリアは王太子の言葉を聞いてようやく納得した。

「ジャスティン、お前にも苦労をかけたな」

「殿下、それはいいのですが、お顔のその腫《は》れは」

「いい、言うな」

ナサナエルの頬は真っ赤な手形がついて腫《は》れている。

きっとキャサリンにも偽恋人のことを謝罪したのだろう。

その際に手形が残るほどに叩かれたらしいが、キャサリンは何事もなかったかのように優雅に紅茶を飲んでいる。

「そこで君たち二人にも改めて、事件のことを話そうと思っている」

ナサナエルは、かねてよりマクゲランという犯罪組織が将来の王太子妃であるキャサリンを狙っていたことを説明した。

そのためにアメリアが身代わりとなったことも。

マクゲラン一味はゼルデメール侯爵からの依頼で動いていると思われるが、まだ決定的な証拠が得られていない。しかし、捜査は進んでいるという。

「明後日《あさって》のことだけど、君はドーズ侯爵家でのお茶会に行く予定だよね」

「ええ、父からの依頼ですから。だから警備をお願いしたところです」

「キャサリン、大丈夫かい？」

「殿下、それは……」

「怖がりな君のことだ。本当はやめさせたいと思っているが、実はその日に襲撃計画を立てているとの情報を得た。だから、反対にその日を利用しようと思っている」

「利用するって？　何をするのですか？　殿下」

キャサリンが問いかけたところで、ナサナエルはコホン、と咳払いをして伝えた。

「その日、馬車には幾重にも警備をつける。俺も君の傍《そば》にいるつもりだ。だからキャサリン、一緒に頑張ってくれないか？」

「それは、襲撃されるかもしれないのに出かけるということ？」

「あぁ、そういうことになる」

「それは、私……、怖いわ」

キャサリンは自分を抱きしめながら身体を震わせた。

襲撃予告のある馬車に乗るのだから、怖くなって当たり前だ。

「君の安全を守るのは俺の務めだ。マクゲラン一味が馬車を襲ったとしても、そこで捕まえる」

「殿下……、でも」

「キャサリン、すまない。怖がりな君を囮《おとり》にするのは本当に不本意なんだ」

ナサナエルは、キャサリンの隣に座ると肩を抱き寄せ、ふわりと抱きしめた。

「俺は、君に我慢させてばかりだな……」

「殿下、わかりました。私も勇気を出したいと思います」

「本当にすまない」

二人は見つめ合い、お互いの存在を確かめ合っている。

ナサナエルとキャサリンも、どうやら無事に仲直りができたようで安心だ。

そこでアメリアは思い切って、王太子に「あの、お願いがあるのですが、よろしいでしょうか」

と聞いた。

「アメリア嬢、何だい？」

「殿下、私もその日はキャサリン様の馬車に同乗してもいいでしょうか」

「君が？　一緒に？」

「その、万一キャサリン様の馬車が襲撃された場合、私たち二人が乗っていれば犯人も迷うと思うのです」

「なるほど、二重の囮《おとり》という訳か。しかし、それではアメリア嬢に危険が伴ってしまう」

「それはそうですが、殿下、少し見ていてください」

アメリアはドレスにあるポケットから魔石を取り出し、それを手に取って呪文を唱え始めた。

「ドレムドレム……」

するとスッとその場からアメリアの姿が消えてしまう。

アメリアは護身術の一つとして、身体を消すことのできる魔術を習っていた。

魔石の力があれば完全に姿を消すことができる。

「おおっ、アメリア嬢は魔法を使えるのか！」

「はい、それほど長い時間ではありませんが、姿を消すことができます」

透明な姿から元に戻り、「ですから、私をお使いください」とアメリアはナサナエルに直訴《じきそ》した。

「それはすごいが、だが」

「それだけではなくて、キャサリン様、手をお借りします」

アメリアがキャサリンの手を取ると、今度はパッと二人の姿が見えなくなった。

「私なら、万が一キャサリン様が襲われても、守ることができます。それに間違えられても、敵の本拠地に入り込んだところで姿を消せます。そして助けが来るのを待つことができます」

「うむ、……その能力はすごいな」

「その、私のことはジャスティンが見つけてくれると思います。彼なら私の匂いを辿ることができると聞きました」

「確かに、ジャスティンなら確実にアメリア嬢を追いかけるだろうな」

ナサナエルが考え始めた様子を見て、ジャスティンとキャサリンが口を挟んだ。

「殿下、それはお待ちください」

「そうよ、アメリアさん。また危険な目に遭ってしまうわ」

ジャスティンとキャサリンが同時に反対するが、アメリアも負けていなかった。

「私は魔法も使えますので、お役に立てるかもしれません。付き添いとしてキャサリン様の馬車に同乗させてください」

アメリアの決意にナサナエルは少し考えると、「そうだな、今回はお願いしようか」と言った。

「アメリア嬢にはジャスティンがいる。私も伴走して馬車のほうを守ることにしよう」

ナサナエルの決定に、ジャスティンはぐっと奥歯を噛みしめた。

「わかりました、殿下」

こうしてアメリアはキャサリンと一緒にお茶会に参加することが決まった。

この日にマクゲラン一味を捕まえ事件を終わらせようと、ナサナエルは宣言した。


明日、お茶会に行くことになったその夜、久しぶりにジャスティンは狼となってアメリアの部屋にやって来た。

「ジャスティン、中に入って」

窓を開けると、するりと狼が入ってくる。

その目はいつもと違い鋭く光っていた。

「ジャスティン、怒っているの？　私が勝手に、キャサリン様の馬車に乗るって言ったこと」

「ワォン」

まるで、そうだと言わんばかりに返事をする。

やはり、話し合ったほうがいいと思いアメリアは狼に声をかけた。

「ね、今夜は少しお話がしたいの。獣化を解いてくれる？　服は浴室に置いてあるから」

「クゥーン」

スタスタと狼は浴室のほうへ移動する。またすぐに人の姿となって戻ってくるだろう。

明日はキャサリンと同じ馬車に乗り込む予定だ。

万が一彼女が狙われた場合には、自分がキャサリンのふりをしようと思っている。

明日でマクゲラン一味を捕まえることができれば事件は一気に解決して、これ以上犠牲《ぎせい》者を出さずに済む。

危険もあるけれど、解決に向けての一歩だからジャスティンにもわかってほしかった。

「アメリア」

ジャスティンは着替え終わると、アメリアのほうへ近寄ってきた。

二人掛けのソファーの隣に座ると、肩と肩がくっついてしまう。

アメリアはネグリジェの肩に大判のストールを羽織っているだけで、身体の線の出る薄い夜着しか着ていない。

ジャスティンもシャツに短いズボンと、簡単な服装をしているにすぎない。

二人きりの部屋で肩が触れ合うとそれだけでアメリアは身体が発熱しそうになるが、今日こそはきちんと想いを伝えたい。

「ジャスティン、明日は一緒にいてくれるの？」

「あぁ、そうだ。これをアメリアに渡したくて持ってきたんだ」

「なぁに？」

小さな箱を開けると、ジャスティンの髪の色に似た青銀のリボンが入っている。

真ん中には金色の筋が、流れるように入っていた。

「わぁ、かわいい。明日はこれを着けていこうかな」

「そうしてくれると嬉しい」

リボンを受け取ったけれど、ジャスティンの顔はまだ晴れない。

「リボン、ありがとう。でもジャスティン、まだその……、怒っている？」

「あぁ、せめて相談してほしかった。君の勇気は素晴らしいが、囮《おとり》の馬車に乗るなんて危険なことを君にさせたくはない」

ジャスティンはむすっとした顔をしている。

アメリアはジャスティンの手をとって胸元へ引き寄せた。

「あのね、私。人の役に立てるのが嬉しいの。私の魔法は大したことができないけど、今回は役立ちそうでしょ？」

「それは、そうだけど」

「それに、うまくいけばマクゲラン一味を捕まえることもできるし」

「そうなるとは限らないし、危険が大きすぎる。君が無理して馬車に乗ることはない」

「いいの、私。それにキャサリン様を守りたいと思っているの」

ジャスティンはアメリアの固い決意を聞き、はーっと深い息を吐いた。

「君は、言い出したら聞かないのだから。また怖い目に遭うかもしれないのに」

「うん、でも、今までみたいに動かなくて後悔するよりは、動いてから後悔したい」

「アメリア、君って人は……」

大きく息を吐くジャスティンを見て、アメリアはごくんと唾を呑み込んだ。

今から伝えることはとても恥ずかしいお願いだけど、今言わなければ後悔するかもしれない。

「あのね、ジャスティン。お願いがあるの」

「なんだい？」

「ジャスティン。今夜は、その」

「ん？」

アメリアは視線を外して、俯《うつむ》きながらか細い声で囁《ささや》いた。

「その、一緒にいてほしいの」

「アメリア……、そんなことを言って。いつも君が寝付くまでいるだろう？」

「そうじゃなくて、今の姿で、隣で……」

それを聞いたジャスティンは、また額《ひたい》に手を当てて、はぁーっと深い息を吐いた。

「アメリア、君は男を知らなすぎる」

「でも」

「でもじゃない、今の私は抑精剤を飲んでいない。だから、止められる自信がない」

「……っ、止めないで」

アメリアはジャスティンの胸元に顔を埋《うず》めると、もう一度声を絞り出した。

「止めないで、最後まで、あなたの匂いをつけてほしいの。私はジャスティンの番《つがい》だって、実感したいの」

「アメリア……っ、君は」

「イアンって熊獣人が、私を狙っているって聞いたわ」

「そのことまで知っていたのか」

「私もね、怖いの。またあの巨体に襲われたらって思うと、足がすくんじゃう。でもジャスティンがいてくれるなら、あなたの匂いをまとっていれば安心できるかなって」

今夜ジャスティンに純潔を捧げることができれば、万が一明日命を失うことになっても後悔はない。

自分の身体に刻み付けてほしい。

そして、できればジャスティンにも刻み付けたい。この身体を——

お願い、と小さく震えながら囁《ささや》くと、ジャスティンは腕に力を込めた。

必死の想いを溢れさせ、アメリアは身体を投げ打つようにジャスティンに全てを委ねた。

◆

腕の中で身体を震わせるアメリアを、このまま己の欲望のままに貪《むさぼ》りたい。

ようやく想いを交わすことができたこの番《つがい》を、どうして愛さずにいられよう。

「アメリア、本当にいいのか？」

恥ずかしそうに頬を染めたアメリアがコクンと頷く。

ジャスティンは小さく息を呑んだ。

愛したい、この手で思う存分愛したい。

それを許してくれるというのであれば、怖さを忘れるほどに温《ぬく》もりを分かち合いたい。

ジャスティンの手をギュッと握っていたアメリアの手が緩んでいく。

自分から誘うことばを口にして今頃恥ずかしくなったのか、火照《ほて》る頬を手で押さえ顔を覆《おお》う。

「大丈夫だ、恥ずかしがらないで。アメリア――」

彼女の額《ひたい》に唇を当てながら、手で後ろ髪を梳《す》く。

ブロンドの細く流れる髪が、手に絡みつくのが好きだ。

震えるアメリアを安心させるため、時間をかけて髪を撫《な》でると彼女が上目遣いにジャスティンを見つめてきた。

薄く青い、明るい空の色をしたアメリアの瞳が瞼《まぶた》を震わせてまっすぐに向けられる。

ジャスティンは微笑みを返すと、目を細めてアメリアの瞳の色を自分の瞳に映した。

少し腰を屈《かが》め、アメリアの背中と膝の裏に筋肉質の逞《たくま》しい腕を通す。

そのまま横抱きに持ち上げると、アメリアは少し驚いて両手をジャスティンの首に縋《すが》るように回した。ふわりと番《つがい》の香りを嗅《か》ぎ、それだけで全身が悦《よろこ》びに震える。

「ここでは狭いから、ベッドに行こう」

アメリアは言葉を失くしたように、またコクンと頷いた。

その可愛らしい仕草に、思わず頬が緩んでしまう。

軽々とアメリアを運ぶとジャスティンは寝室に向かった。

壊れないように、そっとアメリアの身体をベッドに下ろす。

何度も一緒に横になったことのある場所は、今夜、特別な場所になる。

ジャスティンは全身の血液が沸騰《ふっとう》しそうなほど熱くなっていたが、それをアメリアに悟らせないように髪を掻き上げはぁっと息を吐いた。

ジャスティンが足をベッドに載せると、ギシッとスプリングの軋《きし》む音がする。

「明かり、……消してもいい？」

暗闇を怖がるアメリアは、普段寝るときはベッドサイドに小さな明かりをつけていた。

今はその明かりが恥ずかしいのだろう、身体を起こしてランプに手を伸ばしている。

獣の目を持つジャスティンにとって、暗闇は意味をなさない。

アメリアが恥ずかしがる姿を見たい気もするが、今夜は彼女がリラックスできるほうがいいだろう。ジャスティンはアメリアの手の先にあるランプを取って明かりを消した。

暗闇に慣れないアメリアの小さな手を握りしめ、胸元へ引き寄せる。

「ここにいる」

安心させる言葉を呟くと、ほう、とアメリアが安堵の息を吐いた。

シャツの裾を握りしめたアメリアが、手をさまよわせてボタンを外そうとする。

いつになく積極的な彼女の手が熱い。

ボタンを全て外し終わると、今度はジャスティンの厚い胸元に顔を寄せ、硬い肌に柔らかい唇を押し付けた。

「アメリア」

心地良い感触は、ジャスティンの肌を這《は》うようにして何度も与えられる。

ついにはジャスティンの胸の先端を口に含みカリッと噛んだ。

「つ、っぅ」

「あっ、痛かった？」

パッと顔を胸から離したアメリアが、伺うようにこちらを見ている。

「どこでこんなことを覚えたんだ」

誰が彼女に教えたのか、それを想像すると苦い思いが込み上げてくるが、アメリアはきょとんとした顔のまま素直に答えた。

「いつも、ジャスティンがしてくれると気持ちいいから、おんなじかなって、思って……」

「なっ」

可愛いことを言う、この番《つがい》をどうしたらいいのだろうか。

今まで何度かアメリアの豊満な乳房を弄《もてあそ》び愛撫《あいぶ》してきたが、アメリアも気持ちいいと思っていてくれた。そのことだけでも嬉しさが込み上げてくる。

アメリアの頬に大きな手を添えて、顔を持ち上げる。

もう一度額《ひたい》に口づけると鼻筋、目尻、両頬へと次々にふわりと羽のように軽く唇を落としていく。

最後にゆっくりと時間をかけて、アメリアの唇の上に乾いた唇を置いた。

触れるだけ、温《ぬく》もりを確かめるだけの口づけを落として、ジャスティンはアメリアに聞いた。

「もう、ここからは止められないよ」

「ジャスティン」

名前を呼んだその隙《すき》に、もう一度口づけると、今度は顎《あご》に手を置いて深く口づけた。

お互いの唇の内側を擦《こす》りつけて触れ合い、何度も角度を変えて唇を重ねる。

「んっ、っはぁっ」

口が開いた隙《すき》に舌を入り込ませ、頬の内側を舐め歯列をなぞった。

アメリアの舌先をとらえ、甘く吸うと彼女もそれに応《こた》えてジャスティンの舌に絡めてくる。

骨ばった大きな手でアメリアの頭を抱き込むと、二人の間に距離がなくなり服がこすれ合う音がする。

ジャスティンは邪魔だとばかりにシャツを脱ぎ捨て、アメリアのネグリジェを肩口から引き下げた。

その下のアメリアの白くきめ細かな肌が、しっとりと濡れている。

お互いの熱を分け合うように肌を重ねると、ジャスティンは空《あ》いているほうの手でアメリアの背中を支え引き寄せた。

「……っ、……ふぁ……」

アメリアは陶酔《とうすい》するように目を閉じてジャスティンの与える刺激を堪能《たんのう》している。

絶え間なく深く口づけを交わしながら、背中に回した手をゆっくりと上下させる。

アメリアの身体からネグリジェを引き抜き、身体をベッドの上に横たえた。

何度も夢に見た、愛しい番《つがい》のアメリアが目の前に横たわっている。

彼女が成人するまで触れてはいけないという約束を、何度も破りそうになった。

そのたびに、番《つがい》を目の前にした獣の血を制してきた。

しかし、ついに彼女が番《つがい》だと伝えることができ、こうして肌を重ねることができる。

それも、アメリアから求めてきたことで既に理性は切れかかっている。

アメリアが両腕を上げてジャスティンの背中に手を回すと、柔らかくしっとりとした肌が、ジャスティンの鍛え抜いた無駄のない身体にぴったりとくっついてきた。

愛しい女の肌と身体に獣の血は沸騰《ふっとう》して、今すぐ彼女を蹂躙《じゅうりん》したいと煮えたぎっている。

（ダメだ、初めてだから優しくしなくては）

ベッドには二人きりで、ジャスティンの腕の中にはアメリアがいる。

ジャスティンは唇を離し、アメリアの首筋に口づけた。

まだ傷痕が残るうなじには鼻先を擦《こす》りつける。

「アメリア、いつか、ここを噛ませてくれ」

「ジャスティン？」

「ここを噛むと、もう……、番《つがい》同士で噛むと、発情して止められなくなる。番《つがい》の蜜月は少なくとも一週間、長ければ十日間ほどお互いに貪《むさぼ》り合ってしまう。今はまだその時ではないが、それが許されるようになったら」

「私も、噛んでいいの？」

「あぁ、アメリア。私のかわいい番《つがい》、なんでもしてくれ」

はあっと重い息を吐くと、アメリアはくすぐったさに身をよじった。

「ふふっ、ジャスティン、大好き」

アメリアが発した言葉に、ビクンとジャスティンが反応する。

一旦身を起こし、ジャスティンは穿いていた下穿《したば》きを脱いでベッドの下に投げ、アメリアに残っていた最後の布を取り除く。

一糸まとわぬ姿にされたアメリアが、恥ずかしそうに身を硬くして胸に手を置いた。

逞《たくま》しい身体をアメリアの上に被せ、あらわになった白く大きな乳房を両手で包み込む。

余るほどに柔らかい乳肉が指の間から零《こぼ》れている。

その先端に口づけると、甘い疼《うず》きに堪えられないとばかりにアメリアが啼《な》いた。

「……、はぁっんっ……！」

先端はたちまち硬く立ち上がる。

指先で摘まみながら濡れた唇で吸い付くと、ひと際高い嬌声《きょうせい》がアメリアの口から漏《も》れてくる。

「ぁあっ」

両方の胸をそれぞれ唇と手で弄《もてあそ》び、もう片方の手で脇腹から腰のくびれをなぞり、太ももへ下ろしていく。

ぴちっと閉じられた足をこじ開けようと膝を持つけれど、恥ずかしいとばかりに開かない。

「アメリア、力を抜いて」

顔を上げて優しく言い聞かせると、アメリアが「うん」と返事をする。

少しずつ力を緩めるアメリアの身体に柔らかく唇を落とす。

ゆるりと力を抜いたのを見計らって、ジャスティンは内ももに手を這《は》わせた。

膝から徐々に奥に進みながら手で円を描くと、ついに指先がアメリアの秘裂に触れる。

その瞬間、アメリアは身体をびくんと震わせた。

ジャスティンの節くれだった指が、しっとりと濡れた秘裂を往復し花芽に触れる。

「よかった、濡れている」

その声を聞き恥ずかしいのか、アメリアはぎゅっと目を閉じた。

指で蜜をすくい上げ、花芽に乗せて触れる。

二本の指の腹を使い、優しく挟み込むと敏感な花芽の中にある芯がぷっくりと赤い姿を現した。

「んっ、っはぁっ」

「声は我慢しないで、聞かせて」

快感が深まったのか、アメリアの声の色が変わる。

そのまま指の腹を往復させると、強い刺激に身体を震わせたアメリアが足先を伸ばした。

「ダメぇ、あっ、おかしくなっちゃう！」

腰を引いて逃げるアメリアを、ジャスティンの手が強く引き留め、艶《なま》めかしい声で囁《ささや》いた。

「おかしくなって、いいから」

「っ、――あああっ！」

アメリアの弱いところを攻め続けると、絶頂を迎えた様子で腰を浮かせる。

びくびくっと身体を震わせて達したアメリアの披裂から温かい蜜が零《こぼ》れてくる。

ジャスティンは身を起こすと、アメリアの両膝の裏に手をかけ大きく足を開かせると、その間に身体をぬっと入れた。

「やぁんっ、こんな姿勢っ」

「いいから、大丈夫だよ」

屈《かが》み込んだジャスティンは、アメリアの秘所に唇を寄せる。

番《つがい》の強烈な匂いがジャスティンを陶酔《とうすい》させ、理性の欠片《かけら》を呑み込んでいく。

「あぁ、たまらない匂いだ」

秘裂に舌を這《は》わせ、その滴《したた》る蜜を吸い上げた。

淫靡《いんび》な味のする蜜を厚い舌で舐めるたびに、アメリアは大きく身をのけ反らせている。

唇で食《は》むように花芽に吸い付き、挟み込んで真珠を味わい舌で舐める。

絶え間ない快楽がアメリアに襲いかかり、何度も達する。

「はぁっ、いやぁ、……もうっ、ダメぇ」

ぷるぷると身体を揺らしながら、ジャスティンの与える悦《よろこ》びに震えている。

その痴態《ちたい》に血が腰に集まり、肉棒がギチギチに滾《たぎ》っているのを感じる。

けれど、まだ彼女を蕩《とろ》けさせたい。

唇でねぶるように花芽を愛撫《あいぶ》しながら、ジャスティンは濡れるあわいに指を差し込んだ。

「っつっ」

硬い感触に抗《あらが》う声を上げるが、秘裂の中はうねってジャスティンの指を咥え込む。

「あっ、んんっ」

少しずつ指を押し込んだ後、ゆっくりと引き抜く。

指がざらりとした敏感な箇所を掠《かす》めると、ビクッとアメリアの腰が揺れた。

「ここか」と狙いを定め、指を二本に増やしてそこを重点的に攻め上げる。

「……、ああっ、……ぁっ……」

か細い喘《あえ》ぎ声を漏《も》らしたアメリアが、再び果てた。

過ぎる快楽に身をよじらせ、アメリアは息を荒くした。

「もう、ダメぇ」

「アメリア、これからだよ」

ジャスティンの欲望は既に張りつめて、先端はさっきからぬるりと光っている。

その強張りはいつでもアメリアの中に入りたいと叫んでいた。

ジャスティンは半身を起こすと、浅い呼吸を繰り返すアメリアの膝裏を持ち上げる。

花芽に硬い先端を押し付けると、二度三度と往復させた。その刺激だけで蜜が溢れてくる。

「いいかい？　アメリア」

返事を待つことなく、先端を秘裂にそわせ、ぷつりと入れる。

「はんっ」

思わず息を詰めたアメリアを思いやり、ジャスティンは甘く囁《ささや》いた。

「大丈夫だから、息をして」

硬く熱い剛直を奥へ、奥へとねじ込んでいく。

まとわりついてくる襞《ひだ》が、ジャスティンに得も言われぬ快感をもたらした。

「い、いたいっ」

ぐっと唇を噛んだアメリアが、息を漏《も》らしながら小さく叫んだ。

きゅっと目をつむったアメリアの目尻から、一粒の涙が流れる。

「ごめん、っでも、あと少しだから」

腰を進めるジャスティンは、何かに当たりそれを破る感覚があった。

その瞬間にも、アメリアはビクッと身体を揺らしている。

(破瓜《はか》の痛みか)

代われるものなら、代わってその痛みをこの身に受けたい。

だが、皮肉にもアメリアの媚肉《びにく》はジャスティンの太く硬い剛直をぎゅうっときつく絞り上げている。

(――っ、たまらないっ)

背筋が痺《しび》れ快感が突き抜けていく。

これほどまでに、アメリアの身体が悦《よ》いとは思っていなかった。

番《つがい》との交わりは身を蕩《とろ》けさせると聞いていたが、これほどとは……

「っつ、……っはっ」

狭い蜜洞を押し開いて進めると、最後にコツンと子宮の入口に先端が到達する。

同時に根本まで咥《くわ》えられ、最後まで挿入した多幸感が身体を満たす。

「入ったよ、アメリア。これで、君はもう――」

私のものだ。

ジャスティンは身体を折り曲げると、そのことばをアメリアの唇に寄せて囁《ささや》いた。

両方の手をアメリアの手に絡めて、シーツに縫い留める。

舌を使いアメリアの唇を舐め、深く口づける。

まだ、痛みが引くまでは――、そう思いながら口内を犯すように貪《むさぼ》ると、だんだんとアメリアの息が上がってきて、痛みだけではない甘さを含んだ声色に変わった。

「アメリア、動くよ」

ゆっくりと腰をひき、剛直を抜ける直前まで引き抜く。

次の瞬間、待ちきれないとばかりに最奥を目指して突き上げると、その反動でアメリアの身体が揺さぶられる。

豊かな乳房が、音を立てるほどに揺れる様を見ると脳が焼き切れそうに興奮する。

狭い膣洞を暴くように抽送を繰り返すと、次第にアメリアの口から甘い吐息がこぼれ始めた。

「あっ、ああっ、ジャスティン、ああんっ」

「アメリア、アメリアっ」

余裕のない声がジャスティンの口から漏《も》れた。

繰り返し、繰り返し愛しい番《つがい》の名前を呼ぶと、ようやく繋げることのできた喜びで胸がいっぱいになってくる。

ジャスティンの腰をつかった揺さぶりは、徐々に濃密なものに変わっていく。

最奥に剛直を何度も穿《うが》ち、捏《こ》ねる動きに変えた。

「ああっ、アメリアっ」

「ジャスティン、ジャスティンっ、好きっ」

アメリアの告白に思わず身体を強張らせ、最後とばかりに激しく突き上げる。

ぐぐっと最奥に押し込むと、剛直がアメリアの中で果てる。

ドク、ドクと心臓の鼓動に合わせて欲を吐き出し、ぶるりと身体を震わせた。

はぁ、はぁ、はぁと荒い息をそのままに、アメリアを抱きしめる。

アメリアと出会った瞬間、彼女が自分の番《つがい》だと直感した。

あの時から、本能はこの瞬間を待ちわびていた。押し寄せてくる感動で胸が震える。

「アメリア……、好きだ……、私の番《つがい》」

一度吐き出しただけでは収まらない剛直をそのままにして、ジャスティンはアメリアを抱きしめた。

温《ぬく》もりが愛おしいとばかりに頬に口づけると、アメリアは茫然としながらもジャスティンの目をみてにこりと笑った。

「ジャスティン、私にあなたの匂い、十分ついた？」

「ああ、私のものだ。もう、離さないから」

再び腰を緩く動かし始めると、アメリアは「えっ」と驚いた顔をする。

「一度では、収まらないよ。アメリア……」

「でっ、でもっ」

「愛しているよ、アメリア」

反抗するのは許さない、とばかりに口づけると、アメリアも腕をジャスティンの背中に回した。

「私も、愛してる。ジャスティン」

「アメリアっ！」

止まらない欲望のままに貪《むさぼ》り、ジャスティンは情熱的にアメリアを抱いた。

二度目の欲望を吐き出すと、初めての快楽の波の中で疲れ果てたアメリアは、次第に意識を薄れさせていった。


「疲れさせてしまったか」

固く目をつむり、休んでいるアメリアの顔を見ていると嬉しさがこころの奥から湧き上がってくる。

今夜はようやく身体を繋げることができた。

こうなると、もう手放すことも離れることもできない。

本当は誰も知らないところに連れ去って、自分だけを見るように囲いたい。

そっとアメリアのうなじをなぞる。今夜は、よく堪《こら》えることができた。

行為の最中に何度もうなじを噛みたくなる本能を抑えることに、必死だった。

「私の、番《つがい》」

本能がここを噛めと叫んでいた。

狼獣人は特に、行為の最中にうなじを噛むことで番《つがい》との絆《きずな》を深め、互いに発情を促す。

だが、一旦噛んでしまったら一日などでは収まりきらないほど発情すると聞いている。

今でもここで止めるのが精一杯だから、これ以上となると、やはり結婚するまで待つべきだろう。

このまま朝まで一緒にいたい。だが、まだその権利を得ていない。

なんとしても事件を解決させて、すぐにでも祭殿で誓い結婚したい。

イアンという熊獣人にも、今度こそどちらが強いのか徹底的にわからせる。

アメリアを不安にさせる要素は一つでも排除したい。

「アメリア、愛しているよ」

額《ひたい》に軽く唇を落とすと、ジャスティンはするりとベッドから降りた。

バルコニーの近くまで進み、狼の姿に変わる。

一度、振り返ると狼は名残惜《なごりお》しそうに「クゥーン」と鳴いて、それから外に出ていった。

第五章

オルコット公爵家はその日、異様な雰囲気に包まれた。

警備隊に王太子をはじめとする宮廷騎士団の精鋭が集められ、馬車に伴走する者が決められる。

その前にも後ろにも、何かあればすぐに対応するために市民に擬態した騎士が控えていた。

アメリアはキャサリンと色違いの、胸にバラの刺繍《ししゅう》の入ったドレスを着てソファーに座った。

今日はハーフアップに髪をまとめ、ジャスティンのくれた青銀のリボンをつけている。

普段より濃いめの化粧をすると、可愛い、というより美しいという褒め言葉が似合うほど雰囲気が変わった。

化粧だけではない、昨夜はジャスティンから十分に愛されたことで匂い立つ色気がほのかに漂《ただよ》っている。出発まであと少しとなり、二人は応接室で待っていた。

「アメリアさん、今日は本当にありがとう。とても心強いわ」

「キャサリン様、私もお役に立てるようで嬉しいです」

「でも、なんだか前と雰囲気が違うような……、何かあったの？」

「えっ、な、何も！　何もありません」

キャサリンから言われ、アメリアは盛大に焦ってしまう。

昨夜の名残《なごり》なのか、まだ下腹部が重く感じる。

それ以外は普段と変わらないと思っても、何かしら違うのだろうか。

公爵邸についてから、どことなく視線を感じるけれど、ジャスティンとの関係が進んだことを見透かされたようで恥ずかしい。アメリアは思わず頬を赤く染めた。

「でも、今日のアメリアさんはとても綺麗よ」

「あ、ありがとうございます。キャサリン様にそう言っていただけると、嬉しいです」

二人で話していると、出発を前に打ち合わせを終えた王太子がキャサリンのもとへとやってきた。

イスに腰かけ、今日の作戦を伝え始める。

「今日は、君たちの馬車が出発する前に、オルコット公爵家の馬車を一つ出すことにしている。君たちには家紋のついてない、家令用の馬車を使ってほしい」

「殿下、それはどうしてですの？」

「キャサリン、先に出発する馬車を囮《おとり》にしてマクゲランに襲撃させ、そこを一網打尽にして、奴らの本拠地を吐かせる。俺と、ジャスティンや腕の立つ騎士は囮《おとり》のほうにつくことになるが、君たちの馬車にも護衛を配置する」

キャサリンは安心したように息をほう、と吐いてナサナエルに答えた。

「そうすると、私たちの馬車が襲われることはないのですね」

「あぁ、そうであってほしい。それと、情報を漏《も》らさないために囮《おとり》のことは君たちにも知らせるのを直前にして、すまなかった」

「殿下、それは大丈夫ですわ。でも私もこれで安心です。万一、アメリアさんが怖い目に再び遭ってしまったら申し訳ないですもの」

「キャサリン様、私のことなど気になさらなくても……」

ことばを続けようとしたところで、王太子がアメリアに向かい「ところで」と話しかけた。

重厚な白い箱を取り出し、中身をアメリアに見せる。

「アメリア嬢、馬車に乗る前にこれを見てほしい」

「これは、魔石ではありませんか。それも、かなり強力な」

箱の中で黒光りする魔石には、小さいながらも魔力が凝縮していた。

手に入れたくても、これほどの魔石を売っている店などないだろう。

「これを君に持っていてほしい。これだけの力があればアメリア嬢の魔力の助けになると思って、用意させたよ」

「ありがとうございます、殿下！　こんなに強い魔石なら、長時間姿を消すこともできそうです」

「よかった、ぜひとも持っていてくれ」

ナサナエルから渡された魔石は、かなり強力な魔力を秘めている。

これほどすごい魔石は見たことも触ったこともないし、万一のことを思うとかなりの助けになる。きっと王家の力があって初めて用意できたのだろう。「今日一日、預かります」と言ってアメリアは慎重にその魔石を手に取ると、首にかけるための小袋に入れた。

「アメリア嬢、キャサリンに代わって礼を言うよ。君の勇気のおかげで随分と彼女も励まされている。一緒の馬車に君がいるだけで安心できるようだ」

「そんな、殿下。私にもできることがあって嬉しいです。今日はキャサリン様の傍《そば》にいたいと思います」

「あぁ、よろしく頼む」

ナサナエルはふっと笑顔になると、キャサリンのほうを向いた。

「キャサリン、俺は囮《おとり》のほうの馬車に行くが、君たちの馬車にも護衛はついている」

「ええ、わかりました。殿下も、気をつけてくださいね」

「あぁ」

二人が見つめ合い始めたところで、アメリアはキョロキョロと周囲を見回すが、いつも王太子の傍《そば》にいるはずのジャスティンの姿が見えない。

「あれ、ジャスティン……」

どこにいるのだろう、必ず傍《そば》にいると言っていたのに。

少し彼の姿が見えないだけで、途端に不安が襲いかかってくる。

「あぁ、アメリア嬢。ジャスティンを探しているのかい？」

「はい、殿下。今日は傍《そば》にいると言っていたのですが見当たらなくて」

「アイツなら、今は匂いを調べるために獣化しているはずだ。その辺りにいるだろう」

「それなら、狼姿を見せてくれたらいいのですが」

「いやいや、獣人は普通、獣化した姿を他人には見せないよ。それこそ君には見せても、俺の前にはよほどのことでもなければ出てこないだろうね」

（え？　そうだったの？）

アメリアは王太子の言葉を聞いて驚いてしまう。

そういえば幼い頃、兄がいる時は狼にならなかった。

「そうでしたか、では出発前に会うのは難しいでしょうね」

「どうだろう？　まだ時間があるから、庭でも歩いていれば姿を現すかもしれないよ」

「……キャサリン様、この場を少し離れてもよろしいですか？」

「もちろんよ、公爵家内にいてくださるなら、どこを歩いてくださっても大丈夫ですわ」

その言葉を聞いて、アメリアは応接室を出ると広い庭園の隅にある温室を目指した。

歩いていればジャスティンが姿を現すかと期待していると、隅のほうでカサリ、と音がする。

「ジャスティン？」

呼びかけると、やはり狼姿のジャスティンが現れた。

「やっぱりいたのね。今日はよろしくね。私の騎士様」

「クゥーン」

アメリアはジャスティンに近づき、跪《ひざまず》いて首をしっかりと抱く。

夕べは最後に意識を失ってしまい、朝はもう既にジャスティンはいなかった。

身体を繋げた直後の気恥ずかしさは今も残るけれど、狼姿のジャスティンであれば思っていたほど気にならない。

ただ愛しさだけが込み上げてくる。するとふわりと漂《ただよ》う番《つがい》からの官能的な匂いを感じ取ったのか、狼はアメリアのうなじをぺろぺろと舐め始めた。

「もうっ、ジャスティン、うなじばっかり舐めて！」

「ワォン」

今度はじゃれつくようにアメリアに近寄ってくる。その背中には剣をベルトで固定していた。

普段はない武器の存在に、さすがにアメリアも胸のうちで不安を膨らませる。

「ジャスティン、今日は戦う日なのね」

「ワォォン」

「怪我、しないように気をつけてね」

「クゥーン」

すると狼がアメリアの胸元にある魔石を入れた小袋を嗅《か》ぎ取って、紐を咥《くわ》えると外に出した。

「あぁ、これは殿下が貸してくださったの。こんなに強力な魔力のこもった魔石があれば、きっと長い時間姿を消すことができると思うの」

「バウ、バウ」

説明をしても狼は不服そうな表情をしている。

殿下がプレゼントしたものを身に着けているのが、納得がいかないと言っているようだ。

「でも、この魔石があれば、危険を回避できるかもしれないから。今日は身に着けておくね」

「ウゥ〜、ワォン」

「ジャスティンのくれたリボンは、ほら、ちゃんとつけているよ」

「ウォン」

アメリアはリボンを見せてから、機嫌をとるように狼の頭を撫でた。そしてこれで最後とばかりに狼の首をギュッと抱きしめた。


囮《おとり》となる馬車が出発した後、アメリアたちは質素な馬車に乗った。

護衛の騎士を並走させながら、二人を乗せた馬車はドーズ侯爵家に向かって走り出していく。

「キャサリン様も、ナサナエル殿下と無事仲直りできたのですね」

「ええ、そういうアメリアさんも、ジャスティンの誤解は解けたの？」

「はい、彼もきちんと謝ってくれました。それに、……私が番《つがい》だということも教えてくれました」

「まぁ！　番《つがい》！　すごいじゃない、獣人の番《つがい》だなんて」

「え、ええ。私もちょっとビックリしたと言いますか」

キャサリンは普段と変わらない様子でおしゃべりをしている。

この前はずいぶんと怖がっていたけれど、今日は囮《おとり》の馬車が先を走っているから多少は安心しているのだろう。

アメリアは王太子の作戦がうまくいきますようにと祈り、ジャスティンが怪我をしないようにとも祈る。

イアンのことを思うと怖いけれど、きっと、大丈夫。

ジャスティンのくれたリボンにそっと触れながら、アメリアはキャサリンの話に相槌《あいづち》を打つ。馬車はカラカラと音を立てて道を進んでいった。


「すみませんが馬の様子がおかしいので、しばらく停まります」

王都の中でも人気《ひとけ》のない森に近い場所で、アメリアたちの馬車が止まった。

外の様子はわからないが、騎士たちが何やら話し込んでいる声が聞こえる。

「アメリアさん、大丈夫かしら」

「ええ、何事もないといいのですが」

不安な顔をしたキャサリンの手を取ると冷たくなっている。

いくら囮《おとり》の馬車がいるといっても不安はつきない。

二人で身体を寄せ合っていると、護衛についていた騎士の声が飛び込んできた。

「敵襲だ！」

騎士が叫ぶとともに野太い声をした男たちの声が聞こえ、外は騒然となる。

剣と剣が合わさる音がすると同時に、馬がドドドッと走り出す蹄《ひづめ》の音がした。

「キャサリン様、大丈夫です。騎士様もいらっしゃいますから、この馬車は大丈夫です」

顔を青白くしたキャサリンを勇気づけるためにアメリアは声をかけた。

だが、キャサリンは小刻みに身を震わせている。

（どうしよう、キャサリン様。とても怖がっているわ）

キャサリンを守らないといけない。アメリアは、かえって冷静になって辺りを見回した。

馬車の窓から外を覗くと、騎士たちが盗賊らしき者たちと闘っているのが見える。

（どうして？　囮《おとり》の馬車ではなくて、こちらが襲われているの？）

理由はわからないが、本物が乗っている馬車が襲われてしまった。

今はキャサリンを守ることが最優先だ。そのためならば――

（ジャスティン、ごめんなさい）

アメリアは魔石をギュッと握りしめると、目を閉じて呪文を唱え始めた。

魔法が発動するのに合わせ魔石が熱を持っていく。

「ドレムドレム……」

そして震えながら俯《うつむ》いているキャサリンの手を握りしめる。

姿を消す魔法をキャサリンだけにかけると彼女の姿が消えていく。

これで馬車の中にはアメリアしかいないように見えるだろう。

馬車が揺れたのをきっかけに、キャサリンはふらっと意識を失ったため、座席に横たわらせた。

(キャサリン様、このまま休んでいてください。私が、あなたの代わりになって……)

アメリアは魔石を胸元に入れ、ギュッと目を閉じる。

馬車の扉がガタガタと揺れると、バタンと強い音を立てて無理やりこじ開けられた。

◆

「おかしいな、そろそろ来てもおかしくない頃だが」

囮《おとり》の馬車と伴走する王太子の一向は郊外を抜けて、うっそうとした森を通過する道に入った。

この辺りで襲撃されるだろうと予測していたが、何も起こらない。

周囲に族が潜《ひそ》んでいる気配もないため、万が一を考えて王太子はキャサリンの乗る馬車が無事かどうかを確認させた。

確認ができればすぐに戻るようにと命じた早馬が戻ってこないため、何かあったのではないかと胸が逸《はや》る。

その時、遠方から早馬が駆けてくる蹄《ひずめ》の音が聞こえてきた。

「どうした？　もう一つの馬車は無事にドーズ家に到着したのか？」

「で、殿下！　馬車が襲撃されていました！　護衛が負傷した模様です！」

「なにっ？　詳しく話せ！」

「は、はいっ。ここより十刻戻った先の地点で、馬車が襲われました。中は空《から》になっていて、今生存者の手当をしているところです」

計画の裏を突かれ、本物のキャサリンとアメリアを乗せた馬車が襲撃された。

動揺が部隊に走るが、まずは一刻も早く現状を確認しなければいけない。

王太子はくるりと向きを変えると、騎士たちに命令を下すために声を張り上げた。

「早駆けだ！　一旦戻る！　俺についてこい！」

馬を操り最速で移動する集団の前を、一匹の狼が木立の中を飛ぶように走っていく。

ジャスティンだ。

「ジャスティン！　先に行け！」

馬上から叫ぶと、狼はさらにスピードを上げて走っていく。

王太子と騎士たちが襲撃現場に到着した時、狼が匂いを嗅《か》ぎわけ、その後を追い駆けていく姿が見えた。現場に残っているのは馬車と倒されて呻いている護衛たちだ。

「キャサリン、キャサリンはどこだ！」

婚約者の名を呼ぶと馬車の中から「ううぅ」と呻く声が聞こえてくる。

駆け寄ってみたところ、中にはキャサリンが取り残され、横になっていた。

「怪我はないか、キャサリン」

顔色は悪いが脈はある。彼女の無事を確認できて、とりあえずホッとするがキャサリンと一緒にいるはずのアメリアがいない。

「アメリア嬢はどうした？」

現場に残る騎士や従者に聞いてみても、要領を得ない答えが返ってくるばかりだ。

「もしかすると、女が一人さらわれていったか？」

かろうじて意識のあった従者が「そうだ」と答える。

どうやら、マクゲラン一味はまたしてもアメリアをキャサリンと間違えて誘拐したようだ。

何とかしてアメリアを救い出さなければ。王太子は、視線を上げて空を見た。

ジャスティンが匂いを追いかけて、マクゲランの居場所を突き止めれば信号を打つはずだ。

今はその信号を待つしかなかった。

◆

「よし、着いたぞ」

「女は二階に連れていけ」

「見張りをつけておけよ」

マクゲラン一味の本拠地に着くと、アメリアは手足を縛られ俵抱《たわらだ》きにされて運ばれていく。

二階にある一室の扉を開き床の上に乱暴に降ろされた。

今は誰も住んでいない貴族の邸宅を丸ごと使っているのだろう。

屋敷の中は酒とタバコの匂いが充満している。

マクゲラン一味はどうやらここで寝泊まりしているようだ。

アメリアは緊張しながらも意識を失っているふりをして、彼らの会話に耳をそばだてていた。

「おい、これが例の公爵令嬢か？　アイツの言うことは正しかったのか？」

「へい、イアンっていう元警備団にいたヤツの言う通り待っていたら、二つ目の馬車が出発しやした。そっちの馬車を襲ったら本物が隠れていて、こりゃ運がええって。馬車の中にいたのはこの娘一人でした。金色の髪にすげぇドレスを着ているから、間違いねぇと思って連れてきやした」

「すげぇな、獣人ってやつは。耳がいいから俺たちの知らない情報も取ってくるんだな」

「へぇ、態度は悪いけど役立ちますぜ」

「そうだな。よし、人質は逃げないように見張っておけよ」

「へい」

どうやら首領と思われる人物がアメリアを見に来たらしいが、すぐに部屋を出ていく。

見張りの男も手足を縛った上に気絶していると思って油断したのか、アメリアを部屋の床に寝かせたまま出ていってしまった。

(とりあえず、助かった)

部屋の中にはアメリアしかいないため、今のうちに自分に姿を消す魔法をかけようと胸元の魔石に意識を集める。

集中して再び呪文を唱えると、部屋に溶けるようにスッと姿が消える。

(動くと集中が切れちゃいそう……、ここにいれば、きっと助けに来てくれるよね)

アメリアは暗い部屋の中で、ジッと耐えながら座り込んだ。


「なにっ？　女が消えただと？」

「へ、へい。気絶していた女が消えちまって」

「お前、見張りをしていろと言っておいただろう！」

ガツッと男が殴られる。思わず身体が震えてしまうが、このまま透明でいるために魔法をかけ続けることに集中する。

すると廊下のほうからドン、ドンッとひと際大きい足音が聞こえてきた。

部屋に入ってきたのは熊獣人のイアンだ。ギロリ、と部屋を一瞥《いちべつ》するとにたりと笑った。

「女はここにいたんだ、あんたなら匂いでわかるだろう？」

「あぁ、いたな。ぷんぷんしてらぁ」

「どうだ、その匂いはどこに行ったかわかるか？」

「さぁ、そこまでは俺にもわからねぇなぁ。おい、お前らは部屋の外を探せ。俺はもう少しこの部屋の中の匂いを辿ってみる」

「あぁ、わかった」

マクゲラン一味の男たちはイアンに言われると、全員が部屋を出ていく。

アメリアはイアンの巨体を見てふるりと身体が震えてしまった。

「おいおい、あんた。そんな匂いをさせておきながら、隠れているつもりか？」

イアンはアメリアのほうを見てニタニタと笑っている。

姿は見えないはずだが、イアンはそこにアメリアがいることを確信して話し続けた。

「俺はなぁ、あんたを探していたんだ。あんたジャスティンの女だろう？　へっ、匂いが濃くなってるな、あんた」

透明なアメリアの近くに来ると、イアンは鼻をクンクンとさせて「ここだな」と呟いた。

アメリアの魔法は姿を消すことはできても匂いは消せないため、熊獣人のイアンを前にすると隠れることなどできなかった。

「ん？　これか？」

プルプルと震えるアメリアの身体にイアンが触れ、途端にぞわりと悪寒が身体を駆け巡った。

「見つけたぞ」

アメリアの頭部を触ったイアンが、パンとアメリアの頬を叩く。

「ああっ」

痛みが広がり口の中が切れてしまう。集中力を切らしたアメリアは魔法が解けて姿を現した。

「へっ、やっぱりここにいたか。うまいこと魔法を使ってあいつらは騙《だま》せただろうが、この俺は騙《だま》せねぇよ」

床に寝転んだままのアメリアは、魔法を解いてしまったことに気がつくがどうにもできない。

もう一度姿を消したところで、匂いを辿られればすぐに見つかってしまう。

「あぁーあ、しっかしマクゲランの奴らも情けねぇよな。あんた、キャサリンって令嬢と間違えられるのは二回目だろう？　報酬がいいからここに来たけど、これじゃぁ今にも捕まっちまうな。まぁ、ちょうどいい。このままあんたを連れて逃げるとするか」

イアンはアメリアのうなじに顔を近づけるとペロリと舐める。

昼間にジャスティンがつけた匂いを上書きするように、首全体を舐めていく。

熊は一度執着した人間をまた襲う。その言葉を思い出すと恐怖で身体が強張ってしまう。

アメリアはプルプルと震えるばかりで動くこともできずにいた。

騒ぎもせず大人しくしているアメリアを見て、イアンは「ちょっくら金目のものを持ってくるから、大人しく待ってろよ」と言い、部屋を出ていく。

一人残されたアメリアは、手足を縛られていても今度こそ逃げ出そうと思い、注意深く部屋の中を見回した。

部屋の中に窓はあるがバルコニーも何もないため、ここから外に出ようとすれば二階から飛び降りるしかない。

アメリアはどうにかして立ち上がって窓の外を見渡すが、庭園が見えるだけだ。

もしかしたらジャスティンが探しているかもしれないから、何か知らせる方法はないかと考える。

しかし手足を縛られたままでは難しい。

こうしている間にも、イアンがまた戻ってくるかもしれない。

恐怖にこころまで縛られそうになるが、きっとジャスティンが助けてくれる。

身もこころも震わせながら窓の外を見ていると、キラリと光る金色の目が木立の向こう側に見えた。

(ジャスティン!)

思わず声を出しそうになって寸前のところで口を閉じる。彼もアメリアの姿を確認できただろう。

狼姿のジャスティンであれば、二階であっても平気で上《のぼ》ることができる。

窓から少し離れると、狼が音も立てずに窓を開けてそこからスルリと入ってきた。

(やっぱり助けに来てくれた!)

床に降り立ち、ブルブルッと毛を逆立てた狼はアメリアに近づいてくる。

「ありがとう、ジャスティン。やっぱり来てくれたのね」

笑おうとしても、先ほどイアンに叩かれた頬と口の中の傷が痛い。きっと腫《は》れているだろう。

その傷に気がついたジャスティンは、いきなり獣化を解いて人間の姿になった。

「アメリア、無事か?」

「ジャスティン……、よかった、やっぱり来てくれた」

目頭が熱くなる。ここまで一人でいて怖かった思いが溶けていくようだ。

まだ敵の拠点の真ん中にいるにもかかわらず、ジャスティンに会えたことでこころが軽くなっていく。

「アメリア、どうしてこんな……、この匂いは？　またあいつか？」

「ジャスティン、あの熊獣人が部屋に戻ってくるって言っていたわ。私をさらってこの組織を逃げるとか何とか言っていた」

「くそっ、あの熊野郎め……、私の番《つがい》に手を出して無事で済むと思うなよ」

「ジャスティン？」

アメリアの傷を見たジャスティンは目の色を変えた。

背に負っていた剣を手にすると、アメリアの手足を縛っていた縄を切る。

ようやく自由になったアメリアは、両手を回してジャスティンに抱きついた。

「ジャスティン！」

片手をアメリアの背中に回すと、宥《なだ》めるように上下にさする。

アメリアが少し落ち着いたところで、ジャスティンは周囲を注意深く見回した。

「アメリア、すまないがここで姿を消して待っていてくれ。すぐに戻る」

ジャスティンはすぐにでも部屋を出ていこうとしたが、一人残されることにアメリアは焦ってしまう。

「待ってジャスティン、どこに行くの？」

「信号を打ったから、しばらくすれば殿下が騎士たちを連れてくる。私は、……ちょっと熊狩りに行くだけだ」

「ジャスティン！　お願い、一人にしないで！　……一人は怖いの」

ジャスティンは瞳に怒りの色を滾《たぎ》らせていたが、アメリアの涙交じりの声に動きを止めた。

「透明になってジャスティンの後をついていくわ。お願い、一人でいて熊獣人が戻ってきたら、姿を消していても無駄なの。もう、待っているだけなのは嫌なの。だから……」

ジャスティンは「そうだったな」と言い、アメリアの頭を撫《な》でた。

これまで待っているだけでは何も良いことはなかった。六年間もずっと、ジャスティンを待っていた。でも、待っているだけでは彼のことを誤解したままだった。

「足手まといにならないようにするから、お願い」

アメリアは固く決意すると、キッとした顔をジャスティンに向けた。

「アメリアを怖がらせたくないが、私はこれから敵を打ちのめす。血を見ることになるかもしれないが……」

「えぇ、大丈夫。ジャスティンだけ見ているから」

アメリアが呪文を唱えると、身体が部屋の景色に同化して消えてしまう。

ジャスティンは「そのまま、ついてきて」と言い、剣を構えて部屋を出る。アメリアは周囲に注意しながら彼の後ろ姿を追いかけた。

「お前か、アメリアを縛ったのは」

ジャスティンが男の後ろに立ち、首へ腕を回した。

くっと力を込めるとストン、と落ちて気絶する。

全裸のジャスティンは倒れた男のベルトを外すと、その衣服をサッと身に着けた。

足の長さが違いすぎて中途半端に見えるが、何も着ていないよりは動きやすそうだ。

ジャスティンは男をそこに倒れたままにして、マクゲランの本拠地である邸宅内を歩いて回り、アメリアもそっと後をついていく。

相手がどれだけ束になってこようと、怒りが頂点に達しているジャスティンの敵ではなかった。

剣を使うまでもなく、手刀を首の後ろへ入れれば簡単に意識を失った。

少し腕の立つ者が現れてもジャスティンの見事な剣さばきで相手を叩きのめしていく。

ジャスティンの歩き終わった後にはマクゲラン一味の者が折り重なるように倒れ、口から泡を吹いていた。

誰一人として、透明なアメリアが後ろをついて歩いていることに気がつかなかった。

(すごい、ジャスティン。強いとは聞いていたけど、こんなにも強いなんて)

このまま一人で基地内にいる一味を一掃《いっそう》する勢いで進んでいく。

アメリアは邪魔にならないように、戦っている時は距離を取りながらも、進む時は近くに寄った。

敵のいる邸宅内は恐ろしいけれど、あのまま一人で部屋に残っているよりもジャスティンの傍《そば》にいるほうが何倍も安心できる。

ジャスティンは無言で進んでいくが、アメリアの匂いを肌で感じているのだろう。

嗅覚の鋭い彼は、敵が隠れていてもすぐに見つけることができた。

俊敏な動きで敵を殺すことなく倒していったジャスティンは、最後に残る部屋を見つけると、アメリアに廊下で待っていて、と声をかけた。

アメリアは熱を持った魔石を握りしめる。

魔法を使うことに慣れてきたが、こんなにも長時間姿を消すのは初めてだ。

改めて王太子から預かった魔石の力の強さを体感する。

ごくん、と唾を呑み込むとジャスティンの無事を祈るように手を組んだ。


「ここにいたか、熊野郎」

邸宅内にいる敵を倒し終えたジャスティンは、ようやく目的のイアンを見つけ出した。

彼はマクゲランがため込んでいた資金を奪って逃げるため、屋敷の中でも一番奥の部屋にいた。

「へへっ、お前か。来ると思っていたぜ」

ジャスティンは剣を構えると、獲物を定めた獣のように目を光らせる。

熊獣人のイアンは金塊の入った袋をどさっと降ろし、立てかけていたハルバードを持った。

大型の斧と槍が一体になった巨大な武器を扱える者はそういない。熊獣人ならではの武器だ。

「狼の番《つがい》に手を出したこと、思い知らせてやる。覚悟しろ」

「よく言うぜ、こいつを持った俺に勝てると思うなよ」

イアンはハルバードを手に、殺気立ち威嚇《いかく》してくる。

戦であれば周囲をなぎ倒し鎧を貫く武器をジャスティン一人に定めて構えた。

重量感のあるハルバードを悠々《ゆうゆう》と持ち上げたイアンは、ぐるり、ぐるりと回し始める。

岩をも砕く勢いに、部屋に置いてある机は粉々に砕け散ってしまった。

「さぁ来いよ。狼小僧、バラバラに砕いてやるよ」

ジャスティンは剣を構えながら、一歩、一歩近づいて間合いを計った。

これまでにないほどの怒気をまとったジャスティンは、真正面から斜めに切るように懐《ふところ》に入り込もうとするがハルバードがそれを阻む。

何度か攻撃を繰り返すけれど一向に近づけない。

イアンもハルバードを振り下ろすが、ひらりと避けるジャスティンに当てることができないでいた。

互いに一撃を加えようとして、斧の刃と剣刃をぶつけ合い、拮抗《きっこう》して睨《にら》み合った。

「へへっ、ちょこまかちょこまかと、うるせぇ野郎だ」

イアンが力を入れると、振り下ろしたハルバードが袈裟懸《けさが》けにジャスティンの肌を薄く切る。

「ぐぅっ」

ジャスティンが唸《うな》ると同時に、赤い飛沫《しぶき》が床に落ちた。

「お前が死んだら安心しな。そこにいる女は俺が可愛がってやるよ」

「ふざけるな」

ジャスティンのものとは思えない、低く地鳴りのする声が喉の奥から出る。

ジャスティンはザッと足を払いイスをイアンのほうへ蹴り倒すと、イアンめがけて切りつけた。

――ガキンッ。

だが、イアンは剣を寸でのところでハルバードで躱《かわ》し、勢いを受けてジャスティンは剣を落としてしまう。

その隙《すき》を逃さずイアンは斧の部分をジャスティン目がけて振り下ろした。

一瞬のことだった。

ジャスティンはくるりとトンボ返りをして後ろに避け、ハルバードは勢いを失わずに床に刺さる。

「くそっ、この狼野郎」

イアンはハルバードが簡単に抜けないと判断すると、素手になってジャスティンと対峙する。

二人は胸の前で拳を握り、戦う姿勢を取った。

「てめぇ、こんなところまで女を連れてくるなんて、いいご身分だな」

「……」

じり、じりと間合いを詰めるが、拳闘でイアンは一度ジャスティンに負けている。

懐《ふところ》に近づかせないようにして、距離を取っている。

「なぁ、俺がこの場で吠えたら、か弱い女の耳はどうなっちまうだろうな」

「お前！　卑怯な！」

「けっ、何とでも言うんだな。俺が本気で咆哮《ほうこう》すれば、お前でも痺《しび》れるぜ。聞いてみな！」

イアンが息を大きく吸い込み始めるのを見たジャスティンは、床を蹴って体当たりを試《こころ》みる。

「うぉお！」

イアンは息を止めて、口角をくっと上げた。

ジャスティンが飛び込んでくるのを待っていた彼は、腕を伸ばしてジャスティンの首を掴んだ。

「ぐあっ」

隙《すき》をつかれたジャスティンが首を絞められ持ち上げられると、得意そうな顔をしたイアンが高らかに叫ぶ。

「この前のお返しだ、思い知れ！」

ジャスティンの顔色が変わっていくのを見て、愉快げに笑いながらイアンはぐっと手に力を込めた。

「ははは！　これでもう終わりだ！　狼小僧！」

（ジャスティン！）

イアンの声を聞いたアメリアは、不安になって部屋の中を覗く。扉の向こう側では、首を絞められてイアンに持ち上げられるジャスティンが見えた。

（あぁ！　ジャスティンが！）

彼は顔を青白くして足をばたつかせているが、イアンには届かない。

絶体絶命、そんな言葉がアメリアの脳裏に浮かぶ。

しかし、その考えを追い出すように顔を振り、アメリアは何か助ける方法はないかと考えた。

匂いでアメリアの存在はもう知られているが、どこにいるかははっきりと見えていない。

アメリアはその時、そういえば熊は蛇が苦手なことを思い出した。

（蛇、蛇みたいなもの、……これだわ）

アメリアは髪につけていたリボンを外すと、それを結び合わせる。

青銀の色はうろこに似ているし、真ん中に入った金色の筋が模様のようなアクセントになっている。

このリボンがアメリアの手から離れた瞬間にいきなり目の前に姿を現せば、生きている蛇と間違えるかもしれない。

(チャンスは一度だけよ)

ドク、ドクと心臓がこれまでにないスピードで鳴っている。

アメリアは走って部屋の中に入ると、イアンの目の前に立ってリボンを投げつけた。

「うあっ、なんだこりゃ！」

突然女の匂いが濃くなったと思った瞬間に蛇に似た細い物体が目の前に現れ、腕に引っかかる。

一瞬、何が起きたのかと驚いたイアンは手を緩めてしまった。

その隙《すき》を逃さなかったジャスティンは、イアンの小指を折るために手に力を込めた。

「ぐぁあっ」

痛みにイアンは思わず両手を離し、ドサッという音を立ててジャスティンは床に投げ出された。

一度はイアンに近づいたアメリアは、ジャスティンの邪魔になってはいけないとすぐに廊下へ出て扉の外から中を伺う。

「くそっ、なんでこんなもんが……！」

イアンが腕に引っかかるリボンを放り投げている間に、ジャスティンは自分の剣を拾い上げ息を荒らげながらも刃の切っ先をイアンに向けた。

「お前こそ、もう終わりだ」

「けっ、俺としたことが」

「残念だな」

ジャスティンは切りかかると見せかけて剣を横に投げると同時に、壁を蹴るようにして飛び上がる。イアンの額《ひたい》に狙いを定め、渾身《こんしん》の力を込めてかかとを蹴り下ろした。

「剣を汚すまでもない！　思い知れ！」

「ぐぅ」

さすがのイアンも急所の額《ひたい》を思い切り蹴られ、脳震盪《のうしんとう》を起こしてよろめいてしまう。

「最後だ」

着地するとすかさずイアンの後ろに回ったジャスティンは、太い首に腕を回して力を込めた。

窒息《ちっそく》する一歩手前で、どすん、とイアンの巨体がくずおれる。

その巨体を避けたジャスティンが倒れたイアンを見ると、口から泡を吹いて気絶していた。

はぁ、はぁと肩で息をしていると、バタバタと走ってくる複数の足音がする。

騎士と一緒に部屋に入ってきたナサナエルは、跪《ひざまず》いているジャスティンを見て声をかけた。

「ジャスティン！　無事か？」

「……ああ。あらかた片づけておいた」

「さすがだな」

王太子と一緒に入ってきた騎士たちが、イアンを押さえつけ縛り上げる。

邸宅の中にマクゲラン一味が倒れていることを王太子に説明すると、騎士たちは確認するために部屋を出ていった。

「ジャスティン、よくやったな。怪我の手当をしてくれ」

「いや、アメリアが待っている」

戦いの直後で敬語を忘れるほど息を切らしたジャスティンは、切られた傷痕をサッと手で拭《ぬぐ》い、アメリアのいる場所を探すために匂いを嗅《か》ぎ始めた。

「アメリア、もう大丈夫だ。魔法を解いて」

乱れた髪をそのままにして、ジャスティンは薄暗い廊下に座り込んでいるアメリアに近づくと、膝を折って優しく語りかけた。

その声を聞き、アメリアは姿をパッと現し、目の前にいるジャスティンに抱きつくように腕を伸ばす。

ジャスティンは細い腕を身体ごと受け止めると、アメリアの背中に手を回して宥《なだ》めるように上下に動かした。

「ジャスティン、ジャスティン……！」

「怖かっただろう、もう大丈夫だ」

「つ、怖かった」

「よく頑張った、アメリア」

ジャスティンの胸に顔を埋《うず》め、ぽろぽろと目から大粒の涙を溢れさせたアメリアは、肩を震わせて泣き出した。

ジャスティンはアメリアが落ち着くまでその場に留まり、細く絡まりそうな髪を愛おしみながら撫《な》で続けた。

ようやく、終わった――

ジャスティンが首を絞められているのを見て、身体中の血がサーッと引いていった。

恐ろしかった。熊獣人は巨体を揺らして、軽々とジャスティンを持ち上げていた。

「ジャスティン……」

「もう、大丈夫だ」

落ち着いたジャスティンの声が、胸に響く。

まさか、自分があんなにも大胆なことができるとは思っていなかった。

もらったリボンを投げつけた時、イアンが驚いた、その一瞬をジャスティンは見逃さなかった。

「私、リボンを」

「あぁ、ありがとう。あの時、隙《すき》ができたおかげで助かったよ」

アメリアは涙を止めることができなかった。

役に立つことができた嬉しさと、今になって襲ってくる恐怖と、終わったことによる安堵と、全てが混ざり合った涙を流して、ジャスティンの胸を濡らした。

「ジャスティン、……ありがとう」

「落ち着いたかい？」

「うん、もう大丈夫」

「良かった。……そうだ、頬が腫《は》れていないか顔を見せて」

アメリアは涙で崩れた顔を見せるのが恥ずかしくなり、首を横に振った。

「アメリア、どうした？」

「だって、顔、ぐしゃぐしゃだし、腫《は》れているし」

「どんな顔のアメリアでも好きだよ。大丈夫だから顔を見せて」

ジャスティンが大きな手でアメリアの頬をそっと撫《な》でると、アメリアはまつげを震わせながら上を向いた。ジャスティンはアメリアを見て、少し眉根を寄せた。

「アメリア……、やっぱり少し、腫《は》れているね」

「そう？」

「あぁ、早く冷やして手当をしてもらおう」

「ジャスティン、痕《あと》が残ったらどうしよう、こんな顔じゃ……」

「アメリア。大丈夫だ、どんな君でも愛しているよ」

こころの芯まで蕩《とろ》けるような甘い声で、溢れる愛を囁《ささや》きながらジャスティンは顔を近づけた。

二人の唇が合わさるまであと一秒もない、そんな時に王太子の声が響く。

「ジャスティン！　頼むからいちゃいちゃするのは後にしてくれ！」

「……」

キスをするのを直前で止め、ギロリ、と不敬な視線をナサナエルに向けた。

アメリアをぐっと抱き寄せたまま、ジャスティンはナサナエルに答える。

「殿下、ここにきてまた私の邪魔をするのですか」

「いや、そうじゃない、邪魔するつもりはないが頼む。それにやめてほしいと思っているのは俺だけじゃない」

ジャスティンが顔を上げて周囲を見ると、その場にいる騎士たちもうんうん、と頷いている。

王太子の護衛も兼ねた者が、廊下にも部屋にも何人もいた。

アメリアしか眼中になかったジャスティンは、深く息を吐くとナサナエルに向かって落ち着いた声で伝えた。

「わかりました。殿下、とりあえず私がアメリアを自宅に帰すということでいいですね」

「あ、あぁ。そうだ、報告が終わり次第お前もしばらく休暇を取るといい。ここから先、マクゲラン一味を絞り上げるのは任せてくれ」

「お願いします、殿下」

さぁ、帰ろう、とジャスティンがアメリアの腰に手を回そうとしたところで、アメリアははっと顔を上げてナサナエルを見た。

「で、殿下。殿下からお借りしました魔石、とても助かりました。あの、お返しします」

そう言って胸元から黒い魔石の入った小袋を取り出し、それをナサナエルに渡そうと手を伸ばす。

けれど、ナサナエルは魔石を受け取ることなくきっぱりと断った。

「アメリア嬢、それは俺から二人へのお詫びを兼ねた品物だ。そのまま持っていてほしい」

「殿下、これほど貴重なものをいただく訳にはまいりません」

「いや、俺の馬鹿げた作戦で君たちを振り回してしまったことだし、何よりも、これからその魔石は必要になると思うよ」

アメリアは手の中の魔石を見るが、これが再び必要になる状況が思い浮かばない。なんだろう、と疑問に思いながら顔を上げると、ナサナエルはニヤリと笑って楽しそうに言った。

「アメリア嬢は、体力回復の魔法は知っているかい？」

「はい。習得していませんが、初級魔法であれば、なんとか」

「うん、帰ったらすぐに覚えるといいよ。これから必要になるから」

「え？　体力回復魔法がですか？」

そこまで話したところで、ジャスティンはナサナエルの意図がわかったのか、手で顔を覆《おお》い耳元を赤くさせた。

キョトンとしたアメリアは、意味がわからなくて首をコテンと傾げる。

「アメリア、殿下がそう言われるなら、ありがたく頂いておこう」

「そんな、いいの？」

「アメリア嬢、俺からの気持ちだ。素直に受け取ってくれ」

「はい、殿下がそこまでおっしゃるのであれば、大切に使わせていただきます」

ナサナエルに答えたアメリアは、魔石を入れた小袋をまた首にかけ直した。

「殿下、お気遣い痛み入ります。では、私たちは先に失礼させていただきます」

「あぁ、表に停めてある馬車を使ってくれ」

手をひらひらと振ったナサナエルは、「休暇の前に報告に来いよ！」と念を押すようにジャスティンの後ろ姿に向かって叫んだ。


朝と何も変わらない静かな自宅に帰りついたアメリアは、伯爵である父親と母親、兄のクリフォードに迎えられた。

ジャスティンは宮廷騎士団の一人から手渡された騎士服の上着を着て、伯爵に挨拶をするために馬車を降りた。

「スティングレー伯爵、ご無沙汰《ぶさた》しております」

「ジャスティン君、久しぶりだね。殿下の近衛騎士としての活躍を聞いているよ」

「今日は、任務の途中で立ち寄りましたので、こんな姿ですみません。アメリアも……、私の救出が遅れたために、頬に怪我をしてしまいました」

頭を下げるジャスティンに対して、スティングレー伯爵は静かに首を横に振った。

「いや、ジャスティン君も怪我をしているではないか。今、医者を呼ぶから一緒に見てもらいなさい」

「私のこれは、怪我のうちにも入りません。騎士として恥ずかしい限りですので、お構いなく」

「そうか、いや、任務の途中と言っていたな。呼び止めてすまなかった」

スティングレー伯爵はアメリアが無事に戻り、母親に付き添われて屋敷の中に入っていくのを見届けると、ジャスティンに向かって話し始めた。

「長い間、君には我慢を強《し》いていたね。クリフォードから全て聞いたよ」

「伯爵」

「もう、アメリアも無事に成人したことだし……、次はルーセル伯爵と共に来てくれ」

「はっ、はい！　父と母も、領地から王都に来ていますので、すぐにでも訪ねさせてください」

「待っているよ」

そう言って向きを変えたスティングレー伯爵は、白髪の混じった頭を掻くと、「アメリアもとう、嫁に行ってしまうのか」と言い、はぁ、と寂しげにため息を吐いた。


自宅に帰ったアメリアは緊張が解けた途端、疲れがドッと押し寄せ寝込んでしまった。

子どもの時以来の高熱が出たが、医者に疲労が原因と言われ、ひたすらベッドの上で横になる。

丸一日も意識を失うようにして寝ていたアメリアは、日も傾きかける頃にようやく目を覚ますと喉の渇きを覚えた。

「アメリア、入るよ」

コンコン、と扉をノックしてクリフォードがアメリアの部屋に入ってくる。

手には水差しを持ち、アメリアのベッドの横にある棚に置いた。

ネグリジェを着たままのアメリアは、上にカーディガンを羽織り上半身だけ起こす。クリフォードはベッドの横に置いてあるイスに座った。

「どうだい、調子は」

「お兄様」

「頬の腫《は》れも、引いてきたみたいだな」

「えぇ、もう痛みもありません」

アメリアはにこりと笑うが、腫《は》れは内出血となって少し残っている。

痛々しく見える青あざに、クリフォードは眉をひそめ心配しながら言葉をかけた。

「ところで、お前が目覚めたらジャスティンが教えてほしいと言っていたが、呼んでもいいか？」

「え、ジャスティンが？」

「あぁ、お前が嫌がるようなら断っておくけど、どうする？」

「会いたいです。ジャスティンに会えるなら、会いたい」

アメリアはもう遠慮はしないとばかりに顔を上げると、自分の気持ちをクリフォードにはっきりと伝えた。

「お兄様、私、ジャスティンと一緒にいたい」

「わかった、わかった。じゃ、呼んでくるよ。あいつのことだから、すぐに飛んでくるかもしれないな」

「さすがに飛ぶことはできないと思うけど……」

「いや、アイツはアメリアのことになると人が変わるからな」

「お兄様」

クリフォードはコップに水を注ぐとアメリアに手渡しながら、「もう少し、休んでおけよ」と言って部屋を出ていった。

もう、ジャスティンへの想いを隠す必要もない。アメリアはホッとするとベッドに身を横たえた。

カリカリ、カリカリ、とバルコニーのほうから音がする。

いつの間にか寝ていたアメリアはゆっくりと瞼《まぶた》を開き、聞こえてくる音をぼんやりと聞いていた。

(あれ？　もしかして、ジャスティン？)

跳ね起きたアメリアが急いで窓へ近づくと、思った通り狼がいる。

鍵を外して窓を開くと狼がいそいそと部屋の中に入ってくる。

もう部屋の外は真っ暗になっていた。

「ジャスティン、来てくれたのね」

「ウォン」

ひと声吠えると狼はそのまま浴室のほうへスタスタと歩いていく。

そこには彼のための着替えを置いてある。しばらくすると獣化を解いて白いシャツにひざ丈のズボンを穿《は》いたジャスティンが、アメリアのほうへやって来た
「アメリア、大丈夫かい？」

ジャスティンは心配そうにアメリアを見つめながら、青あざの残るほうの頬にそっと手を当てた。

節くれだった手がアメリアのきめの細かい肌の上をなぞる。

「心配しないで、もう痛みは引いたの。熱も下がったし大丈夫だから」

アメリアはジャスティンの大きい手の上に自分の小さな手を重ねた。

外を走ってきたばかりの冷たい手を温めるように、ぎゅっと握りしめて自分の熱を移す。

「そうか、心配したよ」

ホッと短く息を吐いたジャスティンは、ソファーに座ろうとアメリアの腰に手を回した。

二人掛けのソファーに隣り合わせになると、アメリアの肩に後ろから回して手を置く。

身体を繋げて以来、ジャスティンとの距離が一気に近くなって、アメリアはそれだけで頬をうっすらと桃色に染めた。

「クリフォードから連絡が届いてすぐに来たかったけど、事件の報告をしていたらこんな時間になってしまった」

「そうだったの、マクゲランのこと？」

「あぁ、あれからすぐに殿下が動いたから、証拠も集めることができたようだ」

ジャスティンは一人でマクゲラン一味を壊滅状態に追い込んだ。

その後、ナサナエルは黒幕と睨《にら》んでいたゼルデメール侯爵の関わっていた証拠を手にすることができたという。

ここからは、ナサナエルが情報をどう扱うかにかかっている。

「今、熊獣人も牢に入っている。これから裁判になるが、余罪もあるようだし、今回の証拠もあるから流刑《るけい》だろうな」

「もう、大丈夫ってこと？」

「あぁ、安心してくれ。そもそも二度も素手で倒したから、本能的に私の匂いのついたアメリアに近づかないよ」

「そうなの、よかった」

アメリアがジャスティンの顔を見ると、至近距離で目が合う。

すると彼は頬に唇を押し付けるキスをしてきた。何気ない彼の仕草にアメリアはこころが温かくなる。

「もう、私の出番はなくなったから、殿下が本当に休暇をくれたよ」

「そうなの？」

「あぁ、明日からしばらく休みなんだ」

ジャスティンは腕を上げて大きくグーッと伸びをすると、ふわっと笑ってアメリアを優しげに見つめた。

「だから、アメリアと一緒にいたい」

「それは嬉しいけど……、お父様がなんて言うかしら」

一緒に過ごせるのは嬉しいけれど、二人の間には何の約束も立場もない。

「それなら、明日両親と一緒に訪問させてもらうよ。アメリアの体調次第だけど」

「ご両親と？　ええ、久しぶりにお会いできるなら嬉しいわ」

「アメリア、両親を連れてくる理由がわかっている？」

「え？　王都に出られているからじゃ……、ないのね」

「約束を覚えている？」

ジャスティンはアメリアの唇の上に人差し指を乗せると、それをツーッと移動させうなじの部分で止めた。

「君が十二歳の時の約束」

「それって……」

ジャスティンはあの時のように、金色の瞳を獣のごとく光らせ、指でアメリアの顎《あご》を持ち上げる。

「約束を果たしに来るよ」

ことばを伝えた直後に、アメリアの小さくぽってりとした唇に口づける。

子どもの時には優しかった彼が、荒々しく唇を押し付けてきて、触れられるたびに悦《よろこ》びを覚える。

「ジャスティン」

身体の奥に燻《くすぶ》り続ける熾火《おきび》のような疼《うず》きがアメリアに灯る。

唇を離したジャスティンは、しかしそれ以上は触れるのを恐れてアメリアの肩口に顔を下ろした。

「ごめん、アメリアを見ていると、つい……、自分を抑えきれなくなるよ」

彼の柔らかい髪の毛がはらりと頬に当たる。

アメリアが一本一本を愛おしみながら手で梳《す》くと、日向《ひなた》の匂いがそっと鼻を打った。

「明日、迎えに来てくれるの？」

「あぁ、待たせてしまったね」

「じゃ、カラフルな花束も持ってきてくれる？」

「もちろんだ。あと、君の金色の髪に似合う青い髪飾りと、私の瞳の色をしたネックレスに、揃いの指輪も持ってくる」

「そんなにたくさんの贈り物は必要ないわ」

するど肩から顔を上げたジャスティンが、いつになく真剣な眼差しでアメリアを見つめた。

「ダメだ、六年も何も贈ることができなかったからプレゼントが溜まっている。毎年君を想って用意してきたから受け取ってほしい」

「毎年って、そんな、ずっと想っていてくれたってこと？」

「ずっとだ。遠目にずっと君を見ていた」

「ジャスティン……」

狼獣人の番《つがい》だから、幼い頃から想われていたことは当たり前かもしれない。

頭ではわかっていても、実際にジャスティンの口から長年の想いを聞くと、嬉しさと共に抑えることのできない愛しさが込み上げてくる。

「私もずっと、ジャスティンに会いたかった」

「っ、アメリア」

目を細めたジャスティンは、手をそっとアメリアの後頭部に回すと、今度は自分の胸に寄せる。

もう片方の手を背中に回し、ジャスティンはアメリアを腕の中にふわりと抱きしめた。

いつもの、ジャスティンの匂いがする。

（……嬉しい）

アメリアも両手をジャスティンの広い背中に回す。

お互い、言葉に出せない喜びを噛みしめるようにして抱き合った。

「アメリア、明日の話が無事に終わったら、連れて行きたいところがある」

「どんなところ？」

「これまで二人で行けなかったところに行ってみよう。もちろん体調が整ってからでいいよ」

「ふふっ、遠くでなければ大丈夫だと思うわ」

「あぁ、私も楽しみだ」

ジャスティンは楽しそうに話を終えると、今夜はもう帰るよと言って立ち上がった。

「……帰っちゃうの？」

「アメリア、そんな私を試すような目で見ないでくれ。まだ回復途中の君に無理はさせられないよ。寝かしつけが必要なら狼姿でもう少しいようか？」

「ううん、大丈夫。もう一人で寝ることができるから」

「それはそれで寂しいけど……、うん、明日もあるから行くよ」

「えぇ、気をつけてね」

ジャスティンは再び浴室に行き服を脱ぐと、獣化してバルコニーへ出ていく。

月の光を浴びて鈍く輝く青銀の毛をなびかせながら、狼は闇の中を駆けていった。

第六章

翌日ジャスティンの告げた通り、ルーセル伯爵夫妻と三人でスティングレー伯爵家を訪問すると連絡がきた。

病み上がりとはいえ、アメリアもドレスに着替えて準備をする。

ハイ・ウエストの淡いグリーンに、チュールレースの飾りがつき、胸元は上品に見えるスクエアのものを選んだ。

「いつもハーフアップだから、今日はどうしようかな」

「お嬢さま、でしたら編《あ》み込んでみたらいかがでしょうか」

「そうね、ドレスに合わせて緑色のリボンで編《あ》んでくれる？」

「はい、わかりました」

いつものメイドにお願いし、豊かにウェーブする髪に光沢のあるリボンを添えて編《あ》み込んでいく。

内出血の痕《あと》を隠すために普段より濃く化粧をすると、つぼみだった花が咲き誇る直前の瑞々《みずみず》しい装《よそお》いのアメリアとなった。

「アメリア、支度はできたかい？」

「お父様」

「うん、これならどこにいっても立派な淑女《しゅくじょ》だ。誇りに思うよ」

「はい、ありがとうございます」

もう既に可愛い娘を嫁に出す心境となっている父親は、ぐすっと鼻を啜《すす》り上げた。


午後になり気持ちのいい風がそよぐ頃にルーセル伯爵たちが到着した時、アメリアは扉を開けたままのエントランスホールに両親と共に待っていた。

「アメリア！」

馬車を降りたジャスティンが真っ先にアメリアのところへ走ってくる。

手には約束通り、赤、黄色、ピンクと色彩の豊かな花束を持っていた。

普段と違い髪を後ろに撫でつけ、白に青の刺繍《ししゅう》の入った正装用の騎士服を颯爽《さっそう》とまとっている。

いかにも誠意のかたまりのような、精悍《せいかん》なジャスティンはホールに入るとスティングレー伯爵夫妻に会釈《えしゃく》をした。

ルーセル伯爵夫妻も、馬車から降りると玄関口に立ち、ジャスティンを見つめている。

彼はアメリアの前に行くと、片方の膝をついて騎士の誓いのポーズを取った。

片手には花束、もう片方の手には指輪を入れた小さな箱を持っている。

「アメリア、私は騎士だから、剣は既に王太子に捧げている。だが、残りの全て、私の愛の全てを君に捧げると誓うよ。私、ジャスティン・ルーセルは命のある限り、アメリア・スティングレーを愛します。……どうか、私と結婚してほしい」

アメリアはひくっと息を吸ったまま、呼吸を止めた。

低い位置から見上げるジャスティンの真摯《しんし》な瞳がアメリアを射貫くように見つめている。

目頭が熱くなるほどの深い愛を感じたアメリアは、こころを決めてジャスティンに答えた。

「はい、ジャスティン・ルーセル様。私も、私の全てをあなたに捧げます。……結婚、してください」

少し屈《かが》んでジャスティンの手から花束を受け取った。

感極まった顔をしたジャスティンは立ち上がると、アメリアの左手を取って薬指に金色の石のついた指輪をはめ、その手に音のないキスを落とす。

彼の吐息がアメリアの手の上を滑ると、ドクン、と胸が一層高鳴った。

「ありがとう、アメリア」

「私も嬉しい」

互いの両親の手前、手を握り合って見つめ合う。

六年間、彼だけを待っていた。

人間には番《つがい》がわからないというけれど、アメリアは不思議と出会った時から、彼のことしか好きになれなかった。

金色に輝く瞳に青銀の柔らかい髪。今は彼の手がどれだけ優しく触れるのか知っている。

もう、離れることなどできない。

長年の想いを叶えることができ、お互いにそのことを喜びながら見つめ合っていた中、ジャスティンはアメリアの両親に顔を向けた。

「スティングレー伯爵。アメリア嬢と結婚することをお許しください」

「あぁ、ジャスティン君。君は約束を守ってよく耐えてくれた。お礼を言うよ。さぁ、ここでは何だから応接室に行こう。ルーセル伯爵を立たせたままでは申し訳ない」

「ありがとうございます」

頭を下げたジャスティンが顔を元に戻すと、父親であるルーセル伯爵と目が合った。

その目はしかし、怒りを奥に宿している。

「ジャスティン、お前……、あれほど結婚前に手を出すなと言っておいただろう」

通りすがりに、周囲には聞こえない低い声でジャスティンを叱る。

同じ狼獣人である父親には、アメリアの身体から発するジャスティンの匂いで既に彼女が誰のものかを察していた。

ジャスティンに近寄ったかと思った瞬間、ドスッという重い音が聞こえる。

ルーセル伯爵はジャスティンの腹の部分に拳を入れていた。

あまりにも素早すぎて、周囲にいる人には何が起きたのかわからなかった。

「ぐっ」

ジャスティンは仕方ないとばかりにその拳を受け入れ、足をよろめかすことなく腹を押さえる。

「ジャスティン？」

いきなりお腹を押さえ出したジャスティンに、アメリアが不思議に思って声をかけるが、「なんでもない」としか言わない。

「よろけずに立っていたか。お前も成長したな」

憮然《ぶぜん》とした顔をしたままのルーセル伯爵は、ひとこと呟いて応接室に向かう。

アメリアとジャスティンは、それぞれの両親が入った後に二人で部屋の中に入っていった。

その後は和《なご》やかに話し合いが行われ、婚約証書に互いの両親と二人の名前が書かれた。

明日にでも王宮に届け出をすれば、二人は正式な婚約者となる。

また結婚式はジャスティンの強い意向で三カ月後になることが決まった。

「アメリアさん、少しいいかしら。できれば二人でお話をしたいわ」

話し合いが終わった後、アメリアはジャスティンの母親から声をかけられた。

彼女も狼獣人のため、人間の女性と比べると背が高く体格も立派だ。

息子を産んだとは思えないほど、若々しい美貌を保ちつつ年相応に落ち着いている。

「はい。それでは私の部屋ではいかがでしょうか」

「あら、お部屋に入れてくれるの？　嬉しいわ」

ルーセル伯爵夫人と会うのも六年ぶりになる。それにもかかわらず、人懐っこい笑顔をした夫人はアメリアの招待を喜んだ。

「私の部屋では、おばさまのような方を招くには相応《ふさわ》しくありませんが」

「いいえ、久しぶりにアメリアさんに会えたのだもの。嬉しいわ」

以前は我が子のように可愛がってくれた伯爵夫人だから、アメリアも気負いなく話すことができる。懐かしい話をしながらも、アメリアの部屋の中に入るとすぐに夫人は怪訝《けげん》な顔つきをした。

「あら、この部屋にジャスティンはお邪魔しているの？」

「へっ？」

どうしてわかったのか不思議に思うけれど、夫人も狼獣人だから嗅覚が鋭い。

部屋の中には昨夜もやって来たジャスティンの匂いが残っていたのだろう。

「え、えぇ」

「まぁ、あの子ったら。やっぱり我慢できなかったのね。でもまぁ、ここまで待てたのだから上等かしら」

「おばさま？」

「あ、いいえ。こちらのことよ。気にしないでちょうだい」

アメリアが部屋の中にあるソファーを示すと、そこに座った夫人はとつとつと話し始めた。

「アメリアさん、あなたがジャスティンの番《つがい》でお嫁さんになってくれるの、とっても嬉しいの」

「そう言ってくださると嬉しいです」

「でもね、獣人のこと、番《つがい》の習性みたいなものを教えておきたいと思って」

「番《つがい》の習性、ですか？」

夫人が言うには、狼獣人は獣人の中でも番《つがい》への執着度が高い。

そうした習性をアメリアも知っておいたほうがいいだろう、と声をかけたという。

「アメリアさんは、もうジャスティンが狼になることを知っているわね」

「はい、幼い頃に何度も見ています」

「それはね、番《つがい》か、家族にしか見せないものなの。まぁ、素っ裸だから恥ずかしいのよ」

「やっぱりそうでしたか」

以前、王太子が言っていた通りであった。メイドに淹《い》れてもらった紅茶を飲みながら、夫人の話は続いた。

「グルーミングと言って、ブラシで毛づくろいをしてあげると喜ぶわよ。これも番《つがい》にしか許さないことね」

「そうだったんですか？」

アメリアは知らないうちに、狼のジャスティンの毛を梳《す》いていた。

あれは番《つがい》限定の行いだと聞き、ドキリとしてしまう。

「ほかにも何か、あるんでしょうか」

「後は、熊にうなじを噛まれたって聞いたけれど、もう傷のほうは大丈夫なの？」

「はい、噛まれたと言っても、ちょっと切れただけでした」

「でも、ジャスティンは荒れたでしょうね」

「やっぱりそれって、私が番《つがい》だったからですか？」

「そうね。番《つがい》のうなじは狼獣人にとっては神聖な場所で、お互いに噛み合うことで絆《きずな》が深まるの」

夫人が言うには、結婚した後で噛み合うのが習性だからアメリアもジャスティンのうなじを噛んであげてね、とのことだった。

そして、その神聖な場所をほかの獣人に噛まれたということは番《つがい》を盗み取る行為に等しい。

だからジャスティンは熊獣人のイアンを敵視していたのだった。

「うなじを舐めるのも、匂いをつけるのも、着るものとか身に着けるアクセサリーとかも、自分が贈ったものしか身に着けてほしくないって言い始めるから。束縛もちょっと……、強いかもしれないわね」

「ちょっと、で済むのでしょうか」

「そうね、私も獣人だから主人の気持ちがわかるけど、アメリアさんは人間だから違いに戸惑うかもしれないわね」

「わかりました。もし困った時はお伝えします」

「えぇ、それにやっぱり最初が肝心よ。束縛が強いな、嫌だな、と思ったら正直に言わないとジャスティンはわからないわよ」

「そうなんですね、わかりました」

夫人はすぐに立ち上がった。

たとえ自分の母親であっても、ジャスティンがアメリアと二人で過ごしている部屋の中にほかの獣人の匂いが残るのは良くないことらしい。

強い独占欲と執着心に驚かされる半面、嬉しくもある。

部屋を出ようとしたところで、夫人は棚に置いてあるぬいぐるみのジョイを見つけた。

「あら、これは……」

「はい、ジャスティンが六年前にプレゼントしてくれたぬいぐるみです。ジョイ、って名前をつけて、毎晩ジャスティンだと思って一緒に寝ていました」

思わずへらっと笑うアメリアを見て、夫人はにこりと笑顔を返した。

「まぁ、あの子ったら。子どもだと思っていたけど……」

「どうしましたか？」

「ぬいぐるみにもジャスティンの匂いがついているから、よっぽどアメリアさんに匂いをつけておきたかったのね」

「へっ？」

どうやら六年前からジャスティンの求愛行動はあったようで、ジョイがその証拠だという。

夫人は一瞬眉根を寄せたものの、すぐににこやかに微笑むと「ジャスティンのこと、よろしくね」と言って部屋を出ていった。

「はぁ、獣人の番《つがい》って大変そうだわ」

アメリアはちょっとだけ不安を覚えるが、夫人と入れ違いにドアをノックする者がいた。

「はぁい」

「アメリア、入ってもいい？」

扉の向こう側には、ジャスティンが立っていた。

「ジャスティン、扉から服を着て入ってくるのは久しぶりね」

「そうだね、やっと昼間に君の部屋を訪ねることができるよ」

「うん、嬉しいけど、その手に持っているものはなぁに？」

「昨日言っただろう？　六年分の贈り物だよ」

ジャスティンは両手に抱えるほどの荷物を持って部屋に入ると、ローテーブルの上に贈り物を並べていく。中には少し色あせているものもあった。

「これが、アメリアの十三歳の誕生日に用意した文具セットで、これは十五歳かな。櫛《くし》とブラシと髪飾りとか、アメリアの髪に似合うものを想像して買ったんだ。まだ騎士学校に行っていた時期だから給料もなくて安物だけどね」

一つ一つ、アメリアが包装紙を解《ほど》くたびにジャスティンが当時のことを教えてくれる。まるで空白だった六年間を埋めるように思い出を語る。

「全部その時に貰えていたら、嬉しかっただろうな……」

「そうだね、でも、いつか渡す日が来ると思っていたから。それがようやく叶って嬉しいよ」

「うん、この子たちも私のところに来るのを楽しみに待っていたのね」

包装紙を丁寧にたたみ直すと、アメリアはジャスティンからの贈り物をジョイと一緒に棚に飾ることにした。

「また、毎年増えていくのかなぁ」

「もちろんだよ、これからは私の贈るものだけを身に着けてほしい」

「……ジャスティン」

これが夫人の言っていた束縛なのかな、と思うけれど今はそれも嬉しい。

これまで何もなかったのに比べれば、ジャスティンがしてくれることはなんでも嬉しい。

「さ、両親が揃っているから、もう少し結婚式の話を詰めておこう」

「そうね」

アメリアが立ち上がると、ジャスティンは腰を引き寄せ身体を密着させた。

肩口に顔を載せ、またいつものようにうなじの匂いを嗅《か》ぐ。

「ジャスティン！」

「アメリアが足りない。今日は午前中会えなくて辛かったよ」

「そんなっ、今までずっと離れて暮らしていたでしょ？」

「あぁ、もうダメだ。このまま離したくない。仕事ならともかく休暇の今はずっと一緒にいたい」

「もうっ」

肩を押してもびくりともしない。アメリアは細く息を吐くと、ジャスティンが匂いを嗅《か》ぎ終わるまでそこに立っていた。


「アメリア、君を連れて行きたいところがあるんだ」

ジャスティンと無事に婚約が調《ととの》い、休暇を彼と過ごすことになった。

ほとんど会話もなかった六年間を取り戻したいと言って、彼が懸命に双方の両親たちを説得すると、しばらく二人で過ごすことの許しが出た。

「遠いところなの？」

「いや、それほどでもないよ。馬を使えば、一刻もかからない」

「……どんなところ？」

「アメリアのために、用意した場所だ」

ジャスティンが連れてきてくれたのは王都から少し足を延ばした郊外に建つ、赤い屋根の木で組まれた小さな家だった。

緑の広がる丘の上の開《ひら》けた場所にポツンと立っていて、アメリアが幼い頃に夢見た家にそっくりだった。

「ジャスティン、ここ……」

「そう、アメリアが気に入るかと思って準備していた。王都には少し遠いからここに住む訳にはいかないけど、休暇を過ごす時の別荘として使えるかと思って」

「すごい、素敵！」

はしゃいだ声を出したアメリアを腕の中に留めながら、ジャスティンは「慌てないで」と言って先に馬から降りると、アメリアを抱えて馬から下ろす。

今日のジャスティンは休日とあって、白シャツに紺色のジャケットを羽織り、黒いトラウザーズと乗馬用のブーツを履《は》いている。アメリアも厚手のベージュの外套《がいとう》をまとっていた。

「あ、ありがとう」

「どういたしまして。アメリア、ちょっといいかな」

そう言ってジャスティンはアメリアの膝裏に腕を入れ、肩を持って横抱きにした。

「きゃあ！」

「大丈夫、アメリア。新居に入るときは新郎が新婦を抱っこして入るのがいいって、言い伝えがあるんだ」

「それって」

「私の妻となる人を、抱えながら新居に入りたい私の夢を叶えてくれるかな」

「はい……」

アメリアはその言葉だけで顔がぱああっと赤くなってしまう。

獣人騎士のジャスティンにしてみれば、アメリアのように小柄な女性を持ち上げることなど造作もないのだろう。

けれど新婦とか、妻とか呼ばれるのにまだ慣れない。

ようやく婚約することができたばかりなのに、妻と言われると照れてしまう。

恥じらうアメリアを見てジャスティンは嬉しそうに微笑んだ。

少し肌寒い、草の匂いを運んできた風が二人を包むように吹いている。

彼は玄関に向けて確かな足取りで歩いていった。

二人だけの赤い屋根の家は、小さな玄関の向こうに階段の見える二階建ての造りをしている。

扉を開けたジャスティンはアメリアを抱えて家の中へ入っていく。

「ここは普通のおうちなのね」

「あぁ、平民が暮らす家だったのを少し手入れさせてもらった。王都の屋敷には召使もいるけど、ここでは二人だけで過ごしたいと思って。どうかな？」

「ジャスティンと、二人だけ……」

ジャスティンはアメリアを下ろすと、家の中を案内するために手を引いて歩き始めた。

一階には家族が団らんする広い居間に台所や浴室も備わっている。

二階は個室があり、一番広い部屋には大きなベッドがあった。

「まだ揃っていない家具は二人で考えて、決めたいと思っているんだ」

「素敵！　ネコ足の棚とかを置いてもいいの？」

「もちろん、アメリアが選んでくれると嬉しい」

「ありがとう、本当に二人だけの家なのね」

普段は召使に囲まれて、暮らしの全てを用意してもらっているアメリアにしてみると不安もある。けれど、ジャスティンと二人きりの生活にアメリアもワクワクしてきた。

「お料理とかどうしたらいい？　私、クッキーを焼くぐらいしかできないよ」

「大丈夫だよ、騎士学校では遠征の訓練もあるから、私が一通りのことはできる。アメリアは傍《そば》で見ていてくれれば大丈夫だよ」

ジャスティンは早速馬に括《くく》り付けておいた荷物を取りに戻る。

この家で二人きりで休暇を過ごしたいと言ったジャスティンは、浮き立つこころを抑えることなく鼻歌を歌いながら料理の支度を始めた。

「ジャスティンって、お料理もできるのね」

少し早めの夕食として、ジャスティンは焼いた羊肉にスパイスを振りかけた。

パンは街で購入したものを並べ、温かいスープとアメリアが手でちぎって用意したサラダを添える。普段の食事よりはシンプルだけど、二人で用意をした二人のための食事。

「アメリア、ほら。口を開けて」

二人きりだからといって、ジャスティンはアメリアを膝の上に座らせた。

さらに手ずから食べさせたいと言い、肉を切ってはアメリアの口に運んでいる。

「ジャスティン、自分で食べるよ」

「これも私の夢だったんだ。アメリアに私の手で作ったものを、私の手から食べさせたい。普段は人の目があって恥ずかしいだろう？」

「うん。それはそうだけど……」

「今は、二人きりだから」

「そういう問題かなぁ」

ジャスティンは嬉しそうに微笑んでいる。

これも獣人の習わしなのかもしれないと思い至ったアメリアは、仕方ないと思って口を開けた。

すると待っていたとばかりにジャスティンは小さく切った肉を口に運ぶ。

「お、おひしひ」

膝に座りながらも料理を堪能《たんのう》する。ジャスティンは水を飲ませるなど甲斐甲斐《かいがい》しくアメリアの世話をした。

お腹いっぱいになるまで食べたアメリアは、片づけくらいは手伝いたいと言って流し場に立ったけれど、食器を洗うのも初めての経験で水を使うことにも慣れない。

お皿を洗い終えると、その日着ていたワンピースを派手に濡らしていた。

「えへへ、慣れてなかったから濡れちゃった」

少し驚いて目を丸くしたジャスティンは「じゃ、浴室に行こうか。お湯を準備したから」と言い、アメリアを連れていく。

「ジャスティン、さすがにお風呂は一人でも大丈夫だよ」

「いや、温かいうちに一緒に入ろう」

「ええええっ！」

「温め直すのも大変だから、同時に入ったほうがいいんだ」

「そうなの？」

手際よく服を脱がされたアメリアの腕の下では、両手では隠しきれない乳房が盛り上がっている。

ジャスティンも服を脱ぎながら、アメリアの瑞々《みずみず》しい裸体を見てゴクリと喉を鳴らした。

アメリアが洗い場に座ると、ジャスティンが手に石鹸《せっけん》をつけて身体を触り始めた。

くすぐったいが、番《つがい》を甲斐甲斐《かいがい》しく世話をしたくなるのが獣人だと聞いている。

裸を見られるのも、触られるのにも慣れないけれど、嬉しそうに世話をするジャスティンを見るのは好きだ。

このまま大人しく洗われていようと思うのに、ジャスティンの手つきがだんだんと怪しくなってきた。

「ジャスティン、もう胸は大丈夫だよ」

後ろに立膝になって体中を撫《な》でながら洗っていた手が、アメリアの乳房を持ち上げている。

柔らかい乳房を揉むジャスティンの息遣いが次第に荒くなっていく。

「ジャスティン？」

「もうちょっとだけ……」

そう言いつつも乳房から手が離れない。

ついには乳房の先端を摘まれ、アメリアの背中にはジャスティンの硬くなった昂《たかぶ》りが当たっている。

彼が自分の身体で興奮していることがアメリアの興奮を呼び覚まし、身体が疼《うず》いてくる。

「あっ、ぁあっん」

「アメリアっ」

キュッと摘まれた瞬間、甲高い声が出てしまう。

ハッとしてアメリアは手で口を押さえるのに、ジャスティンの手はいつまでたっても大きく揺れる乳房から離れない。

「ジャスティンって、もしかして……、おっぱいが好き？」

「これが嫌いな訳がない」

アメリアのうなじに顔を近づけ、愛しそうに舐めながらも、冷静な声でジャスティンが答える。

その低い声にも身体が反応して震えた。

止めなければ、いつまでも乳房を揉んでいそうなジャスティンに半《なか》ば呆れながらも、この身体を喜んでくれることが嬉しい。

それでも、もういいかげんにしないと洗い終えることもできない。

アメリアはくるりと身体の向きを変えた。

「ジャスティン、今度は私が洗うから後ろを向いて」

「……わかった」

楽しいおもちゃを取り上げられた子どものように、残念そうな顔をしたジャスティンは渋々アメリアの言う通りに向きを変えた。

その大きな背中を、アメリアは手に持った石鹸《せっけん》を泡立てて撫《な》でていく。

「どう？　気持ちいい？」

「んん、くすぐったいよ」

「そうなの？　じゃ、これならどう？」

手がダメなら、とアメリアは胸に石鹸《せっけん》をつけジャスティンの背中にくっつける。

そのまま身体を使って広い背中を洗っていった。

「ア、アメリア、な、なんで」

「だって、手だとくすぐったいって言うから……」

「そ、そうか」

ジャスティンはこころなしか耳たぶを赤くしている。

背中なら顔が見えないから大丈夫だけれど、さすがにジャスティンの前にくると恥ずかしい。

それでも、もう一度胸に石鹸《せっけん》をつけたアメリアは、ジャスティンの厚い胸にたわわな乳房をくっつけた。

「恥ずかしいね」

「私は気持ちいいよ」

頬を染めながらも懸命に胸をジャスティンの身体に当てるアメリアを、金色の瞳が見ている。

下半身の滾《たぎ》りは既にそびえ立つように大きくなっていた。

「これも洗うから、ちょっと横になってね」

「……」

どことなく期待した目をしたジャスティンが身体を横たえて見守る中、アメリアは滾《たぎ》りを両方の乳房で挟んだ。

ジャスティンの象徴の先端が胸の谷間から顔を出していて、なんだか可愛らしい。

たわわな胸で挟みながら上下に動かして洗っていると、先端から透明な液が垂れている。

アメリアは顔を近づけると、ぺろっとそこを舐めてみた。

「うあっ！」

ビクビクッと滾《たぎ》りが震えた途端、白濁した液体が飛び出してくる。

あまりの勢いに、アメリアの顔にかかってしまい、ジャスティンは「ああ、すまない」と身体を起こしてアメリアを見た。

「に、苦い」

「アメリア！　舐めなくてもいいから！」

「でも、ジャスティンの匂いがつくんでしょ？」

「それは、そうだが……、これからアメリアにいっぱい注ぐから、もう舐めなくても大丈夫だ」

「？　そうなの？」

コテンと首を傾げたアメリアを見て、ジャスティンは思わずうぐっと唸《うな》ってしまう。

可愛らしい仕草で、自分の匂いをまとう番《つがい》をまともに見ることができない。

ジャスティンは湯をアメリアにかけ石鹸《せっけん》と一緒に洗い流す。

自分の身体にも湯をかけた後は、湯船に入ることなくアメリアを拭いて身体を乾かした。

「もう、我慢できない」

アメリアを再び横抱きにしたジャスティンは、飛び跳ねるようにして二階の寝室へ駆け上がった。

白く真新しいシーツに横たわったアメリアの上に、ジャスティンは待ちきれないとばかりのしかかった。

体重をかけないように、それでも素肌を密着させてお互いの温《ぬく》もりを分かち合いながら、唇を深く重ねる。

くちゅり、と音を立てながらジャスティンの厚い舌がアメリアの小さな舌と絡むと、もう止められない劣情が二人を襲う。

「あっ、……、んっ、はぁっ……」

「アメリア、愛してる……」

前回は二人とも身体を繋げるのは初めてとあって、緊張感があった。

いくら騎士団の連中から知識を植え付けられていたジャスティンでも、初めての営《いとな》みは余裕がなかった。

自分ばかりが気持ち良くなってしまい、アメリアを十分に達《い》かせることができなかったと反省したジャスティンは、今回こそはと執拗《しつよう》にアメリアの気持ちのいい場所を探っている。

「ここがイイ？」

下生えを包み込むように手を置き、花芽を二本の指で挟みながら上下に扱《しご》く。

すると、ぷっくりと赤く膨らんだつぼみが顔を出した。

硬い皮膚に覆《おお》われた彼の手がそこを触るだけで、アメリアは我慢できない疼《うず》きを感じる。

耳元で「好きだ」と囁《ささや》かれつつ花芽を扱《しご》かれると、何度も小さな丘を登るように高められる。

「あっ、んっ、はぁっ、うんっ、きもち、いいっ」

小刻みに花芽に振動を与えながら、もう片方の手は乳房を揉み始めた。

少し強く掴み、時折先端を摘まむ。そのたびに快楽がアメリアを矢のように襲い、抗《あらが》うこともできず嬌声《きょうせい》を上げてしまう。

うなじを噛みたいのだろう、時折そこに歯を当てるも、ジャスティンは決して噛むことはない。これだけは結婚するまでとっておくと言っていた。

一度噛んでしまうと、発情してしまい数日間は繋がったままだという。

たらりと愛蜜が恥ずかしいほど滴《したた》ってくるのがわかる。

下半身に疼《うず》きが溜まり、思わず腰をゆらゆらと動かすと、うっとりとした眼差しをしたジャスティンと目が合った。

「ね、ジャスティンも、いいの？」

「あぁ、最高だよ。はぁ、アメリアの全てが愛おしいよ」

吐息交じりの掠《かす》れた低い声を聞くと、彼の生々しい興奮がよくわかる。

アメリアの吸い付くような肌を何度も撫《な》でるジャスティン。もう、彼の手が触れていないところなど、ないのかもしれない。

「ジャスティン、好き……！」

思いのたけを彼の耳元で伝える。

――ジャスティンが好き、どうしようもないほど、愛している。

どれだけ諦めようとしても、諦めることはできなかった。

彼の金色の眼差しを、忘れることなどできなかった。

強靭《きょうじん》な身体も、低い声も、キリッと結ばれた唇も。

ジャスティンの全てを、約束を手放すことはできなかった。

ジャスティンは花芽を擦《こす》りながら、指を秘裂に差し入れた。

こぷりと零《こぼ》れ落ちる蜜を花芽につけて刺激されると、それだけで喘《あえ》ぎ声が止まらなくなる。

「はぁっ、あああーっ」

指の腹で強く押され、一瞬、頭が白く弾け全身が痙攣《けいれん》したように震えた。

声にならない呻きと共に口を開け身体をのけ反らせる。

しばらくすると、身体は緩み始めアメリアは甘い吐息をはあっと吐いた。

「上手に達《い》けたね」

「もうっ、ジャスティン……」

彼の昂《たかぶ》りも十分に大きくなっている。

太ももに当たるそれに、アメリアが手を伸ばしてそっと触れると、ぴくぴくと動いて熱い。

「アメリア、アメリアだけだよ。私をこんなにも昂《たかぶ》らせるのは」

「っ、ジャスティンっ！」

硬くて滑《なめ》らかな肉棒を握りしめ上下に扱《しご》く。

彼にも気持ち良くなってほしい、小さな手で触るアメリアの愛撫《あいぶ》に、ジャスティンは思わず目を閉じた。

「はあっ、いい、気持ちいいけど……」

攻守を交代するかのように、アメリアへの愛撫《あいぶ》を再開する。

既にピンとたった胸の頂《いただ》きを口いっぱいに含んだジャスティンは、秘裂に指を差し込み、アメリアの感じるところを見つけ出し重点的に刺激する。

「あっ、はぁあっ！」

アメリアは気持ちが昂《たかぶ》るのと同時に、握っていた肉棒をギュッと握りしめた。

するとジャスティンも「んっ」と低く唸《うな》り、焦ったような目をしてアメリアを見つめる。

劣情を含んだ眼差しに、アメリアはもうこれ以上は堪えられないとばかりに声を上げた。

「ねぇ、ジャスティン、なんか、もうっ」

「うん」

「もうっ、お願い」

「わかった、私ももう、……限界だよ」

ジャスティンが苦しげな声で囁《ささや》いた。

アメリアの片足を持ち上げ、自らの肩にかける。

ジャスティンの剛直が入ってくるのを、今か今かと待っているかのように蜜口がいやらしく口を開いた。

ジャスティンは既に先走りの液で濡れそぼった先端を花芽に押し当てると、二度、三度と擦《こす》りつけてから蜜口にツプリと挿入する。

入口の辺りを先端の反り返った部分で刺激しながら、浅く出し入れをする。

「大丈夫？　痛くない？」

掠《かす》れた声で聞いてくるジャスティンの声も、余裕を失くしている。

少し汗ばんだ顔で微笑みながら、アメリアは「もっと」とねだった。

その言葉を聞いたジャスティンは、遠慮を失くして一気に剛直を差し入れた。

「はあぁあんっ！」

アメリアは思わず顎《あご》を上に向けて身体をのけ反らせた。

彼の剛直が入ってくる、ただそれだけで全身が甘い快楽で貫かれる。

「アメリア、もう達したのか？　はぁ、なんて可愛いんだ、私の番《つがい》は……」

ジャスティンはたまらない、とばかりに目を甘く蕩《とろ》けさせてアメリアの唇に吸い付いた。

身体を繋げたまま舌でアメリアの口内を探る。アメリアもその熱に応《こた》えるように、ジャスティンの唇を吸い、そして舌を絡めた。

「あぁ、アメリアの中は最高だよ」

「そうなの？」

「最高に気持ちがいい。いつまでも、繋がっていたい」

「そんなこと言って……」

「結婚したら、覚悟して」

「ふふ、本当に？」

「本当だよ」

ジャスティンはたまらなく嬉しそうな顔をして、アメリアのうなじにキスをした。

ゆっくりと腰を動かし始めたジャスティンは、低い声で呻きながらアメリアの中を穿《うが》つ。

アメリアの腰を持ち己の腰を前後させる。

先端まで引き抜いて、そしてすぐに最奥を目指して剛直を押し込んでいく。

蜜口から流れ出る愛液と剛直が卑猥《ひわい》な音を響かせる。

二人だけの部屋に荒い息遣いと肉のぶつかる音が響く中、ジャスティンは目の色を濃い金色に変え獣のように光らせていた。

「はっ……、うあっ、……、アメリアっ、すごいっ、締まる」

恍惚《こうこつ》とした表情でアメリアを繰り返し攻めていくと、二人の呼吸が溶け合い混ざり合う。

奥へ、奥へと誘い込むようにアメリアも腰を動かし、快感を高め合った。

これで最後とばかりにジャスティンが大きく腰を打ち付けると、振動がアメリアを揺さぶり一気に高みへと引き上げる。

快楽に身を委ねたアメリアは頂点に上《のぼ》り切ったその時、頭の芯がぶわっと溶けるような感覚を覚え、弾ける身体を震わせた。

同時に最奥に精を放ったジャスティンは、それをさらに押し込み二度、三度、ゆっくりと腰を揺らす。

身体が溶けそうなほどの快感を分かち合った二人は、お互いの息が整うまで汗ばんだ肌を合わせていた。

「ね、ねぇ。ジャスティン……」

「なに、アメリア」

行為が終わった後のジャスティンは、アメリアの顔中にキスを降らせた。

そしてぬるくなってしまった湯船にお湯を足してアメリアの後ろに座り二人で浸《つ》かる。

アメリアの下乳を持ち上げるように腕を回したジャスティンと、ぴったりと肌がくっつく。

「こんなに、気持ちがいいのって、番《つがい》同士だからなの？」

「アメリア……、そうかもしれない。でも、私にとっては君しかいないから。アメリアが気持ちいいと思ってくれると嬉しいよ」

「うん。ジャスティン……、大好き」

「あぁ、私も好きだよ」

アメリアは顔を後ろに向け、ジャスティンと唇を重ねた。

幸せな水音を立てながら、重ねた唇からまた熱い吐息が漏《も》れてくる。

ジャスティンの手が動きをいやらしいものへと変え始めた。

まだ足りないと、彼の張りつめた剛直が背中にくっついている。

少し腰を浮かすと、そこに入りたいとばかりにジャスティンが陰茎《いんけい》を擦《こす》りつけてくる。

「アメリア、もう少し腰を浮かせて」

「もうっ、さっきしたばっかりだよ」

「まだ、アメリアが足りない。だから……」

仕方がない、と思いつつも腰を上げたアメリアの中に、ジャスティンがぐぐっと入り込んでくる。

こんなにも、ジャスティンが甘えるようにアメリアを求めてくるとは思わなかった。

いつでも冷静で物静かだと思っていた彼が、今はアメリアから離れられない幼子みたいに甘えている。

湯が不自然に揺れて溢れ出る。だんだんと激しくなる水面《みなも》の音にアメリアの嬌声《きょうせい》が重なった。

――二人は休暇中、家の至るところで甘い声を響かせながら過ごした。

ジャスティンはもはや、欲望を止めることのできない獣となっていた。


ジャスティンの休暇を二人で過ごし、絆《きずな》を深め六年間の空白を埋めるように過ごした後、アメリアは結婚式の準備に追われ始めた。

忙しい時の合間を縫うように、キャサリンからお茶会の案内が届く。

囮《おとり》捜査が終わってから、手紙のやり取りはあったけれど再会するのは事件の日以来だ。

アメリアはすぐに喜んで参加します、と返事を書いた。


「キャサリン様、お招きくださり、ありがとうございました」

オルコット公爵邸に到着してすぐに、キャサリンが階段を下りてきて挨拶に来る。

淑女《しゅくじょ》の礼をしたアメリアがキャサリンに手を引かれ庭園の東屋《あずまや》に向かうと、メイドが紅茶を用意していた。

「待っていたわ、アメリアさん」

「キャサリン様」

見つめ合うと、思わずあの日を思い出してしまう。

襲撃された馬車の中で、震えるようにして気を失ったキャサリンをそのままにして、アメリアはさらわれてしまった。

その後、ジャスティンに助けられたと言っても、怖い思いをしたことに変わりはない。

「本当に、あなたは私の命の恩人だわ」

「そんな、言い過ぎです。私は、私のできることをしただけです」

「でも、本当に感謝しているのよ」

キャサリンは感極まったように瞳に涙をためて、アメリアの手をギュッと両手で握りしめた。

アメリアも、その手の温《ぬく》もりを嬉しく思いながら、お互い無事に戻ることができた喜びを分かち合う。

ひとしきり涙を流した後は、「お茶が冷めてしまうから、席に座りましょう」と言われ、向かい合わせに座る。

メイドが湯を注ぐと、かぐわしいベルガモットの香りが漂《ただよ》った。アメリアはちょっぴりミルクを入れ、ほのかな甘みを感じる紅茶を飲むと、ようやくほっとしてキャサリンを見つめた。

「アメリアさん、ジャスティンと婚約ですってね。おめでとう。結婚式も、もうすぐって聞いたわ」

「はい。彼が一日でも早く結婚したいといって聞かなくて。準備も十分ではありませんが、なんとかしようと思っています」

「そうなのね、準備も大変よね」

ティーカップを優雅に持ったキャサリンも頬を染め、嬉しそうな声を出した。

「私もね、ようやく殿下と結婚式をする日が決まったの」

「わぁ、本当ですか？　とうとうですね。おめでとうございます」

「本当に、プロポーズもいい加減で……、どうなることかと思ったけど、最後ははっきりしてくれたわ」

「え、殿下がいい加減なことをするとはとても思えないのですが」

「そうでもないわよ。私のことになると普段と違っておどおどしているし。ああいう方のことをヘタレって言うみたいね」

「ヘタレ……、それはまた」

「それに偽恋人のことはもうちょっと反省してほしくて。ちょっぴりお仕置きさせてもらったわ」

「お仕置き、ですか……」

キャサリンは優雅に紅茶を飲んでいるが、もしかしてすごいことを聞いてしまったのかもしれない。

お仕置きって何だろうと思いつつも、聞いていい内容なのか判断できない。

悩んでいる間にアメリアも紅茶を飲み直そうとカップを手にした。

「アメリアさんもようやくよね。結婚までそんなに日がないけど、どんなドレスを着られるの？」

「それが、まだ仕立屋が見つからなくて。私はドレスにこだわらないのですが、ジャスティンが……」

「まぁ、殿方なのにドレスのことまで心配するの？」

「いえ、なんというか、私が身にまとうもの全てを確認したいみたいです」

「それは……、すごいわね」

「えぇ、獣人の習性の一つなのでもう受け入れました」

にこにこと笑顔で答えるアメリアに、キャサリンは驚きつつも「そういえば！」とアメリアの手を取った。

「よかったら私のウェディングドレスをつくる仕立屋を紹介するわ。お針子さんもたくさんいるから、すぐにでもつくってもらえるんじゃないかしら」

「そんな！　有名なところではありませんか。その、……よろしいのですか？」

「えぇ、私にできることがあって嬉しいくらいよ」

パッと嬉しそうに微笑んだキャサリンは、すぐに仕立屋に連絡をした。

結婚式まであとわずかな日数しかない。

アメリアは焦る気持ちでいっぱいであったが、紹介された仕立屋はイメージを伝えるとすぐにドレスの作成に取りかかり、完璧なものを仕上げてくれた。


白い雲が青空を撫《な》でるように流れている。

心地良い風が緑の木立の間を通り抜け、揺れる葉の音もすがすがしい。

王都の中で最も荘厳《そうごん》な大聖堂の祭壇の前に二人は立っていた。

宣誓の誓いが終わるとアメリアのベールが持ち上げられる。

その視線の先には少し緊張しているジャスティンがいた。

今日は宮廷騎士団の、白の生地に青の縁取《ふちど》りが入った騎士服を着ている。

輝く金糸で刺繍《ししゅう》された上衣を首元まで締め、金色のサッシュを斜めにかけていた。

マクゲラン事件の功績が認められ、授与された勲章が胸元で誇らしげに輝いている。

金糸の刺繍《ししゅう》が豪華に施《ほどこ》されている同色のマントを羽織り、肩にも金色の留め具がついている。

いつもは下ろしている前髪を後ろに撫《な》でつけ、凛々《りり》しい額《ひたい》を出したジャスティンは精悍《せいかん》な中にも誠実さが滲《にじ》み出ている。

金色の双眸《そうぼう》が愛おしいと語るように目の前の花嫁を見つめていた。

首元を覆《おお》い、裾が広がる満開の花のごとく可愛らしいデザインのウェディングドレスを着たアメリアは、顔を上げて上背のあるジャスティンを見上げる。

視線が合うと、彼はふっと金色の目を細めた。ドクン、と胸が高鳴る。

――ジャスティン、愛してる……

ふわりと、触れるだけの誓いのキスが落とされる。

もう既に何度も重ねている唇が今日は特別に柔らかい。

観衆の前で行われたほんの一瞬の触れ合いで、アメリアは頬を赤く染めた。

色とりどりのステンドグラスから射し込む淡い光の中から、一筋の白い光が彼らを照らす。

祝福の拍手を受け、ジャスティンはアメリアの肩を抱きながら片手を突き上げてその喜びを示した。

大聖堂を出て披露宴の会場に移ると、そこには大勢の騎士たちがいた。

マクゲラン事件で一緒に働いた警備団も来て、会場は男たちの野太い声が響いている。

私人として参加したナサナエルが号令をかけるとすぐに男たちが集まりジャスティンを取り囲む。

騎士団の恒例となっている新郎の胴上げが待っていた。

「よしっ、持ち上げるぞ！」

「いくぞ、そーれっ！」

少し荒っぽいけれど、仲間から祝福されて新郎のジャスティンが二度、三度と宙を舞う。

アメリアは落とされないかとハラハラしながらその姿を見ていた。

「よし、最後だ！　ジャスティン、着地しろよ！」

「「そーれっ！」」

ひと際高く持ち上げられると共に、下にいた騎士たちがサーッとその場を逃れる。

このままでは地面に叩きつけられてしまう、アメリアはひやっとするが、ジャスティンは落下する際にくるりと回って着地した。

華麗に自分の足で地面に降り立った彼に周囲は割れんばかりの拍手を送った。

「ジャスティン！」

それでもアメリアは心臓が潰れるかと思うほどに心配して駆け寄っていく。

立ち上がって腕を広げたジャスティンは、アメリアをもう決して離さないとばかりに抱きしめた。

「大丈夫だ、アメリア。恒例なんだよ、新郎を胴上げするのは」

「でもっ、自分で着地するなんて聞いていなかった！」

「ごめん、心配しなくてもあのくらい平気だよ」

「でもっ……！」

胸に顔を埋《うず》めるアメリアを見てジャスティンは、愛おしいとばかりに髪を撫《な》でる。

「ホラ、顔を上げて」

「ジャスティン」

見上げた途端にアメリアの口がジャスティンの唇によって塞がれた。

何度も角度を変えて、アメリアを貪《むさぼ》るようにキスをするジャスティンにたまりかね、胸をドンドンと叩いて止める。

「もうっ、みんなが見ている前でっ！」

「見ているからだよ。あそこにいる男たちは全員君に見惚《みと》れているからね。可愛いアメリアは私のものだと、しっかり示しておかないと」

「ジャスティンっ！」

顔を真っ赤にさせたアメリアを、逃がさないとばかりにジャスティンは再び抱き寄せると、鼻と鼻をこつんとぶつけた。

「はぁ、夜が待ち遠しいよ」

二人の仲睦《なかむつ》まじい姿を見た参列者は、幸福を分かち合うように祝福の拍手をしている。

ナサナエルとキャサリンの二人も、結婚したてのアメリアたちを嬉しそうに見つめていた。

王都の中央に近いルーセル伯爵のタウンハウスの一室に用意された、若い二人のための部屋に案内されたアメリアは緊張で唇が乾くのを感じていた。

王太子にもらった魔石はヘッドボードの上の、いつでも手を伸ばせば触れることができるところに置いた。

覚えたばかりの体力回復魔法を結婚式で疲れた体にかけると、驚くほどに回復する。

けれど、今夜は二人の初夜だ。

身体を癒《いや》すことはできても、緊張がアメリアの身体を離れることはなかった。

水差しの水をコップに移した時、濡れた髪をタオルで拭きながら、ローブ姿のジャスティンが浴室から出てきた。

「アメリア、あぁ、喉が渇いたのか？」

アメリアの座っているソファーの隣にスッと座ると、アメリアの持っていたコップを受け取り口をつけた。

「あっ」

お風呂上がりだから、ジャスティンも飲みたかったのかな？

一瞬そう思ったのは間違いだった。

水を含むとすぐに、唇を合わせたジャスティンが口移しをする。

ゴクン、と飲み込んだアメリアが目を見開いて見ると、彼は口を離した途端くつくつと嬉しそうに笑った。

節くれだった大きな手で頬を撫《な》でられ、熱のこもった吐息が触れる。

結婚式が終わった今夜は、夫婦としての初めての夜で——、うなじを噛むと決めた夜だ。

「アメリア、緊張している？」

「うん、だって……」

「おかしいな、もう何度も君と愛し合っているのに」

「もうっ、ジャスティン！」

初めて身体を繋げて以来、一時も離れたくないと添い寝するジャスティンは時折、堪《こら》えきれないとばかりにアメリアを抱いた。

女として愛されることを覚えたばかりのアメリアも、何度も執拗《しつよう》に高められ、求められることに喜びを感じていた。

それでもうなじを噛むことをジャスティンは必死に耐えていた。

これは特別なことだから、結婚まで待つよと言って。そして、今夜はとうとう——

瞳にいつもとは違う熱を含んだジャスティンは、アメリアの頬を上下にさする。

匂い立つ男の色気をまとったジャスティンの普段より熱い指先に、アメリアは身体の奥底にある火を灯され熱くなっていく。

彼の指先がアメリアを愛していると語るように唇をなぞる。

硬い皮膚が柔らかい唇の上をゆっくりと滑り、指は首筋を這って、うなじの上で止まった。

「アメリア――、やっと君を私の本当の番《つがい》にできる」

感極まったジャスティンはアメリアのうなじに顔を落とすと、執拗《しつよう》に舐め始めた。

彼の唇が、頬を撫《な》でる手が、ひとつひとつの仕草が、愛しいと伝えてくる。

「も、もう噛むの？」

「いや、もう少ししてから……、大丈夫、優しくする」

低い声で囁《ささや》くけれど、瞳の奥には獣の本性が滲《にじ》んでいてアメリアは目を逸《そ》らすことができない。

まるで強い獣に睨《にら》まれた小動物のように、アメリアは動けなくなる。

引き寄せられるまま自然に唇が重なる。お互いの舌を舐め合うと、ジャスティンの厚い舌がアメリアの口内に入り込んだ。

頬の裏側まで舐め、まるで犯すように舌を出し入れする。

「んっ、ふっ……っふぅ」

「アメリアっ」

掠《かす》れた吐息が漏《も》れ、互いに気の済むまで唇を貪《むさぼ》り合う。

絡められた指先にも熱を感じ始めた頃、ジャスティンはようやく唇を離した。

「アメリア。ベッドに行って、愛し合おう」

「う、うん」

小さく頷くと、ジャスティンは筋肉のついた腕をアメリアの膝下に入れて、もう片方の腕で脇を持ち横抱きにして立ち上がった。

「きゃぁ、お、重いよ」

「私には軽すぎるよ。アメリア」

「そんなこと言ってっ！」

長い足を交差させるとすぐに、真新しいシーツの敷かれた広いベッドにたどり着く。

いつもより少し乱暴に降ろし、ジャスティンは性急にアメリアの上に跨《また》がった。

そして白いローブを着たアメリアの腰紐に手を伸ばす。

「外すよ」

ウエストにかろうじて残っていた紐をするりと解《ほど》くと、ジャスティンは剥《は》がすようにアメリアからローブを取り去った。

その下には薄いピンク色をしたベビードールが、肌の上に残っている。

横になっても崩れないアメリアの熟《う》れた果実のような乳房を包む薄い布は、ピンと立つ頂《いただ》きの形を隠していない。

紐だけに近いショーツは、あわいの上にある金色の下生えを透かしている。

「君は……、っ、私を殺す気か？」

ぐっと堪《こら》えるような声を出したジャスティンは、ごくりと男らしい喉ぼとけを上下させると、欲望を丸出しにした瞳でアメリアを見た。

頬が上気する。ジャスティンの昂《たかぶ》る熱を受け、アメリアも身体の奥に燻《くすぶ》っている情熱が増すようだ。

「んっ……はぁ……っ」

艶を乗せたアメリアの声を堪能《たんのう》しながら、ジャスティンは大きな乳房を布越しに両手で捏《こ》ねる。

ピンと立った頂《いただ》きを口に含むと、しゃぶりついて吸い上げる。

軽く噛むたびに、アメリアの身体は快楽を拾いふるりと震えた。

柔らかい乳房が揺れるのを、たまらないといった目をしてジャスティンが悦《よろこ》んでいる。

アメリアは布越しの手をもどかしく思い、ジャスティンに小さな声で「お願い」と伝えた。

「お願いって、何？　アメリア。はっきり言ってくれないと、わからないよ」

声にからかうような色を滲《にじ》ませながら、ジャスティンが聞いてくる。

「っ、お、お願い、もうっ」

「だから、なに？　アメリア」

甘さを加えた声がアメリアの耳元で囁《ささや》く。その間も両手で乳房を揉まれ先端を同時に摘まれた。

「あんっ」

ピリッとした痛みに似た快感が腰に届く。ゆらりと腰を揺らしつつも薄い布がもどかしい。

「ジャスティンっ、お願いっ、触って？」

「どこを？」

「もうっ、意地悪しないでっ」

「ん、ごめん」

肩の部分で結んでいる紐を解《ほど》くと、はらりとキャミソールが落ちる。

下にずらして抜き取ると、ぷるん、と白くて弾力性のある乳房が揺れた。

「あぁ、アメリア。綺麗だよ」

待ちわびていた、ジャスティンの唇が先端を舐める。

熱っぽい手が触れると、そこから熱を移されたように熱くなっていく。

「ジャスティン……っ」

形を変えるほどに強く揉まれ、思わず腰が跳ねる。

「君は、胸だけでもイケそうだね。いいよ、いやらしくて最高だよ」

普段より意地悪さを増したジャスティンが、アメリアの乳房で遊んでいる。

清廉潔白《せいれんけっぱく》なイメージのある彼が、胸の谷間に顔を埋《うず》めて悦《よろこ》んでいる。

彼のこんな姿を見ることができるのは自分だけ。

乳房に吸い付く彼だけではない、この後に額《ひたい》に玉のような汗をかきながら必死に腰を振る彼も、吐精の時の恍惚《こうこつ》とした顔の彼も、アメリアだけのものだ。

「ジャスティンも、……脱いで」

シーツを掴んでいた手を動かして、ジャスティンの腰にあるローブの紐を握る。

既に緩んでいた紐はするりと落ちて、前を重ねていただけのローブをジャスティンは腕から抜いた。

部屋の明かりをまだ落としていなかったから、期待に上気して、うっすらと赤みを増した彼の肌が目に飛び込んでくる。

均整のとれた上半身に、筋肉のついた腕、逞《たくま》しい太ももに傷痕の残る腹部。そして、赤黒く猛々《たけだけ》しい剛直が天を向いている。

「……あっ」

アメリアは猛《たけ》りを直視して思わず息を詰めた。

「怖くないか、アメリア」

「ん、大丈夫。……また触っても、いい？」

好奇心が恥ずかしさを上回り、アメリアは口にすると同時に手をそこに差し伸べた。

「っつ」

はちきれそうに昂《たかぶ》った剛直は硬く、熱を持っている。

アメリアの小さな手では収まりきらず、両手を添えるとようやく全体を持つことができた。つるりとした肌触りで、先端は濡れてキラリと光っている。

ジャスティンは膝立ちをした格好で、アメリアの好きなようにさせてくれた。

手で口元を覆《おお》いながらも、アメリアが次に何をするかを面白がるように見下ろしている。

「やっぱり、大きい……」

アメリアが零《こぼ》す言葉にジャスティンはびくりと身体を揺らすけれど、触ることを止めはしない。

思い切って身体を起こしたアメリアは、剛直の竿《さお》の部分をもう一度両手でしっかりと握り直した。

「っ、うっ」

ジャスティンが小さく息を詰める。

こんなにも大きくて太い猛《たけ》りを自分の身体で受け止めているなんて、やっぱり信じられない。

もっとよく見ようとアメリアが顔を近づけると、敏感な先端に甘い吐息がかかった。

「もっと、触ってもいい？」

「……いいよ」

ジャスティンは諦めが半分、期待が半分といった声を出した。

アメリアは手を根本部分まで下ろし、そのまま上に扱《しご》く。

何度かゆっくりと動かすと、先端の穴からぷっくりと透明な液体が出てきて周囲を濡らす。

「ね、もっと早いほうがいい？」

「あぁ、そうだね」

うっすらと目の周りを赤くしたジャスティンは、何かを耐えるようにして上を向いた。

気を良くしたアメリアは、扱《しご》くスピードを上げた。

先端から流れ出る露は滑りを良くして剛直を濡らす。

「アメリアっ」

苦悶《くもん》の声で名前を呼んだジャスティンが、アメリアの手を大きな手で包む。

「気持ち良く、なかった？」

「そんなことはない、そんなことないよ。ただ、気持ち良すぎて、先にイってしまいそうで困る」

「どうして？　私は困らないよ」

その言葉にジャスティンは深く息を吐くと、「今日はここまでだ」とアメリアを止めた。

「全く、君は大人しそうでいて、大胆というか何というか……」

「そうなの？」

「あぁ、私が頼んだら、口で咥《くわ》えることまでしそうで恐ろしいよ」

「ジャスティンがしてほしいなら、するよ？」

コテンと首を傾げると、困ったように眉をひそめたジャスティンがアメリアの髪に手を伸ばし、くしゃくしゃと撫《な》でた。

「君はっ、どこまで私を翻弄《ほんろう》するのかっ！　この可愛い番《つがい》め！」

言い終わらないうちに、アメリアを押し倒して肌を重ねる。

アメリアにもう一度濃厚なキスをすると、顔を上げて膝立ちの姿勢に戻る。

そして、アメリアの両足を持ち上げ、膝裏を支えて足を開かせた。

「やっ、やんっ、ジャスティンっ！」

止める声を聞くことなくジャスティンは顔を足の間に入れ、熱い吐息がアメリアの秘裂にかかる。

「はぁああっ」

過ぎる快楽に身体が悦《よろこ》んでいる。

もう、何度も与えられて高められる快感を身体が覚えている。

その証拠とばかりに愛蜜が零《こぼ》れるように滴《したた》ってきた。

「もう、十分に濡れているから、これは外そう」

何の砦《とりで》にもなっていない、紐状のショーツが取り払われ、一糸まとわぬ姿となったアメリアが心細げに眉根を寄せた。

「可愛いよ、アメリア。愛している、私の、私の番《つがい》――」

愛おしそうに声を震わせたジャスティンが、花芽に顔を寄せぷっくりと赤く膨らんだ蕾《つぼみ》を優しく口に含む。

舌先でなぞり上げると、それだけで快感がアメリアの身体を走り抜けた。

「はぁぁっ」

舌先で花芽に小刻みに振動を加えながら、長い指は秘裂をなぞり、柔らかい膣《ちつ》の中へと忍び込んでいく。

もう、ジャスティンはどこを攻めればアメリアの声の色が変わるのかを知っている。

けれど今夜は、いや、今日からの長い営みの中で、何度でも達してほしいと、ジャスティンはさらに探るようにアメリアの善《よ》がる場所を探していく。

口淫《こういん》をしながらジャスティンは、繊細な動きで膣壁をなぞり、時折叩くように動かしていく。

花芽の裏側の、ざらりとしたところを押すとアメリアの身体が悦《よろこ》んでビクンと震えた。

「ここか」

もう一度、何度でも善《よ》がらせたいとばかりにそこを攻め続ける。アメリアはそのたびに身体を震わせてキュッと膣《ちつ》を絞り上げた。

絶え間なく舌先を動かしつつ、アメリアの甘い声を堪能《たんのう》する。

「はぁっ……っああっ、あっ……も、もうっ、いっちゃう」

二つの箇所を同時に攻められ続けたアメリアは、降参とばかりに涙を瞳に滲《にじ》ませながら身体をのけ反らせる。

快感がアメリアの身体を貫き、目をギュッと閉じて口を開ける。

一気に高められた快感が弾けると、瞼《まぶた》の裏にチカチカと星が光った。

「も、もうっ、ジャスティンっ」

愛撫《あいぶ》をやめようとしない彼を咎めるようにアメリアが叫ぶと、ジャスティンは顔を上げた。

「もうキス、して」

「わかった」

いき過ぎて昂《たかぶ》った感情を収めながらジャスティンはアメリアの上にのしかかると、顔を近づけて優しく口づける。

舌先を絡ませ、濃厚に口づけつつもジャスティンは自分の充満した昂《たかぶ》りの先端を蜜口に近づけて、挿入するように二度、三度と入口を擦《こす》りつけた。

「どうしてほしい？　アメリア」

「……ほしい」

「何が？」

身体を繋げようとすると、ジャスティンは意地悪になる。

前もこうして言わされそうになったことを思い出し、今度は恥ずかしがらずに大胆に答えようとことばを口にした。

「ジャスティンの、大っきいのがほしいの」

「うん、もう、私もアメリアの中に入りたい」

言い終わらないうちに、丸く張り出した先端が狭くすぼまった入口をくぐって入ってくる。

敏感になった花芽にジャスティンは指を当てて、小刻みに動かし剛直を抜き差ししながら入れていく。生々しい感触に、アメリアの身体が悦《よろこ》びで震える。

アメリアは小さく息を吐いて、過ぎる快楽を逃がすようにシーツを掴む。

「あぁああ――っ」

剛直が入ってくるだけで、もう既に彼の形を覚えた身体が反応する。

思わず足をジャスティンの太ももに絡めると、昂《たかぶ》りがさらに奥に入ってきた。

「――っ、くっ」

ジャスティンも苦しげに眉根を寄せるが、すぐに滑りのいい蜜洞に気を良くして腰を動かし始める。

次第にリズムを速めると、アメリアは身体を大きく揺さぶられ激しく突かれた。

「あっ、はあっ、ああっ、あっ、あっ」

ジャスティンの貪欲な腰使いに合わせ嬌声《きょうせい》が漏《も》れ出てくる。

もう、何も考えられない、頭の中がジャスティンでいっぱいになる、その瞬間。

首元に顔を寄せたジャスティンは、アメリアのうなじを優しく舐めた。

「あっ」

ぬるっとした舌の感覚が冷める前に、うなじにピリッと痛みが走った。

(私、噛まれてるっ!)

痛みはすぐに甘い快感となって全身に行き渡る。

番《つがい》の絆《きずな》が結ばれたことを全身が感じていた。

ジャスティンはうなじを噛んだまま、腰を穿《うが》ちアメリアに快楽を与え続ける。

すると——、

「はあああっ——、ああ、あっ」

これまでに経験したことのない興奮の波がアメリアを襲った。

心臓が止まりそうなほどにドクッと跳ね、全身が痺《しび》れるように足先、指先まで感触がなくなる。

いきなり訪れた絶頂に、目を大きく見開き、口を開けたまま息を止めてしまう。

「——っ、ああっ!」

頂上にいる間、甘噛みしていたジャスティンの歯がアメリアの肌を裂く。

けれど、その痛みも感じないほどに高められたアメリアは言葉を発することができない。

ただ、甲高い嬌声《きょうせい》だけが響く。

「はっ、あああっ」

ようやく意識が降りてくると同時に、ジャスティンが猛《たけ》りをアメリアの中で弾けさせた。

びく、びくと震え、熱がアメリアの中に吐き出される。

その全てを快感として拾ってしまう、こんなことは初めてだった。

「あっ、あ――」

落ち着いていく心臓の鼓動と共に、何が起こったのか確かめようと目を開くと、案の定、ジャスティンがアメリアの上にのしかかるように手をついていた。

彼の心臓の辺りに手を置くと、ドク、ドクと速く脈を打っていることがわかる。

噛むのをやめて、はぁ、はぁと息を荒らげたジャスティンが濡れた目でアメリアを見つめる。

その金の目と視線が合った途端、ドクン、とアメリアの心臓がまた跳ねた。

「あ、ああっ」

「アメリアっ、大丈夫かっ」

これまでにない欲望が腰から全身に流れるように行き渡り、全身でジャスティンが恋しくなる。

彼に見つめてほしい、彼にキスしてほしい、彼に触れてほしい、――彼と、ずっと繋がっていたい。

「お願い、ジャスティンっ、ずっと、ずっと――」

最後まで言葉にする前に、乱暴に口を吸いながらジャスティンは再び激しく腰を振った。

猛《たけ》りは欲望を吐き出しても収まることなく、繋がったままだった。

「アメリアっ、アメリアっ！」

ジャスティンは瞳の色を深い金色に変えていた。

広げていた足を持ち直すとすぐにジャスティンはアメリアの身体をうつ伏せにして、腰を高く持ち上げて後ろから身体を繋げようとした。

「いくよ」

「あぁああっ」

獣の交尾の体勢となり、勢いを変えたジャスティンはアメリアの腰を持って自分の腰を打ち付ける。

荒い息のまま、ジャスティンは屈強な腹筋をアメリアの背中にくっつけると片方の手で乳房を荒く掴む。

もう片方の手で、アメリアの髪の毛を片側に流すと、あらわれた白いうなじに今度は後ろから噛みついた。

「きゃあっ」

噛みつかれた瞬間、また心臓がドクンと跳ねる。

まるで、ジャスティンから媚薬《びやく》をうなじに流し込まれるように、噛まれるたびに興奮が収まらなくなる。

ジャスティンもどうやら同じで、これまでになく興奮している。

言葉を失くした二人は、欲望の赴《おもむ》くままにお互いを貪《むさぼ》り合い、身体を繋げ快感を分かち合う。何度体位を変えてもジャスティンは決して剛直を抜かない。

(こっ、これが獣人の番《つがい》の蜜月——っ)

声にならない叫び声を甘く高い嬌声《きょうせい》に変えて、アメリアは揺さぶられ続ける。

疲れ果てると魔石を手に持たされ、体力回復の呪文を唱えるように促された。

（あぁ、これが、私がこの魔石が必要な理由だったのね……）

今更ながら獣人の激しい愛の交わりに驚かされるが、魔石のおかげでアメリアの体力は途切れることなく、ジャスティンを受け入れることができ——


「ねぇ、ジャスティン」

「ん？　なんだい？」

興奮の波が少し収まると、アメリアは繋がったまま背中に胸を当てて寝ているジャスティンに、撫《な》でるような声で聞いた。

「……このまま、なの？」

「抜きたくない。アメリアとずっと繋がっていたい」

ジャスティンはアメリアのうなじに顔を擦《こす》りつけ、乳房をいやらしく揉み始めた。さっきから、ずっとこの調子で甘えてくる。

「もうっ、ジャスティンに噛まれちゃうと、私まで興奮しちゃうんだけど……」

「うん、私もあそこまで乱れるとは、思わなかった」

「私が噛んだら、私もジャスティンも、どうなっちゃうの？」

後ろからゆっくりと腰を動かし始めたジャスティンが甘い声を出した。

「どうなるのかな、アメリア。……噛んでみて」

その言葉をアメリアはすぐに後悔した。

獣人騎士の体力は、いくら魔法で回復させても追いつけるものではなく――、アメリアが番《つがい》の蜜月を終えることができたのは、それから十日間も後のことだった。

エピローグ

暗闇の中にかがり火が焚《た》かれ、宮殿は多くの着飾った人々でいっぱいになっている。

今夜は王太子の結婚の期日が発表されるとあり、その知らせを聞くために国中から貴族が集まっていた。

アメリアは青銀のドレスにイエローダイヤモンドの首飾りをつけ、髪は既婚女性がするように全てアップにした。

結婚してから初めて参加する舞踏会とあり、緊張して隣でエスコートをするジャスティンを見上げる。ジャスティンは蕩《とろ》けそうな笑顔でアメリアを見ていて――周囲の人々は驚きを隠せなかった。

あの、氷の騎士とも言われたジャスティンが、どんな女性にも笑顔を向けることのなかった彼が、アメリアを掌中の珠《たま》のごとく愛おしみ、――骨抜きにされている。

「ね、ねぇジャスティン。すごく見られているけど」

「うん？　アメリアが綺麗だからだよ」

「そう……、かな？」

どう考えても人々の視線は自分ではなく、ジャスティンに向いている。

アメリアにすっかりぞっこんになっている彼は、その視線の意味に気がつかないようだ。

「ジャスティン、私は恥ずかしいから壁のほうで立っているね。知り合いの方がいるなら、話してきてね」

「アメリア、今日は妻である君を見せつけるために参加したのだから、離れていたら意味がないよ」

「うん、でも……」

これまで舞踏会では陰からひっそりとジャスティンを見るしかなかったアメリアは、人々からの羨望《せんぼう》にも似た視線を浴びることに慣れていない。

中にはジャスティンの妻の座を得たアメリアを不躾《ぶしつけ》に睨《にら》んでくる女性もいて、とても落ち着かなかった。

妻となったからには、社交界でのお付き合いもしっかりしなくてはと思うけれど、元々内気なアメリアにしてみると、ジャスティンだけが頼りだ。

そこで、二人を見つけた使いの者がジャスティンに声をかけた。

「何っ？」

「ジャスティン？　どうしたの？」

伝言を聞いたジャスティンは、深いため息を吐きながら額《ひたい》を押さえている。

「アメリア、殿下に呼ばれたので一緒に行こう」

「ナサナエル殿下にですか？」

「あぁ、嫌な予感がする。アメリア、君はキャサリン嬢と一緒にいるんだよ」

「え、えぇ」

思いがけないところでナサナエルから声がかかったが、一体何だろう。

アメリアは不安を覚えながらも、颯爽《さっそう》と歩くジャスティンの後をついていった。


「ジャスティン、用意はいいか？」

「殿下、いきなり何ですか。また一緒に踊るなんて」

「仕方がないだろう、王妃からの要望なんだ。どうやら俺たちの噂《うわさ》を聞いてしまったようだな」

「噂《うわさ》って、まさか……！」

ジャスティンとナサナエルの恋人関係は偽装だったことは、事件が解決した際に公表されている。

ジャスティンも結婚をしたため、今は二人の関係を疑う者はいない。

だが、二人が社交ダンスを踊ったことは伝説のように今でも語られていた。

アクロバティックな踊りが素晴らしかった、というだけでなく、手を繋ぎ見つめ合う美男子二人の様子に萌《も》えた令嬢が続出したという。

「あのダンスをもう一度見たいという嘆願書が母のところにまで届いたらしい。仕方がない、ジャスティン。諦めろ」

「殿下……！」

ジャスティンに向かって手を差し出すナサナエルを断ることなどできない。

「ジャスティン、私のことは気にしないで行ってきて」

「わかった、踊ったらすぐに戻る」

ジャスティンは顔を上げるとスッと表情を変えてナサナエルの手を取った。

「殿下、覚悟してくださいよ」

「わかった、こうなったからには全力で踊らないとな」

不敵に睨《にら》み合いながら、二人はダンスホールの中央へ進んでいく。

手を取り合う二人を見て、人々がサーッとその場を避けていくとそこはもう、彼らの独断場であった。


「なんだか、不思議。こうして落ち着いてみると、面白いものですね」

「そうね、アメリアさん。前回は見ているのが苦しかったけど、二人とも息もぴったりですごいわね」

アメリアの隣に立つキャサリンと見つめる先では、ジャスティンたちが軽やかに踊っている。

優雅に手を取り合って、というよりは激しく回り、時には持ち上げている様は、男性同士ならではだ。

さらに、技が決まる毎《ごと》に拍手が起こり黄色い歓声が飛び交っている。

「どうしてあの二人を愛し合っていると思ったのかしら、私たち」

「そうですね、殿下もキャサリン様にメロメロなようですし、不思議でしたね」

二人はほう、とため息を吐いた。

ふと壇上を見上げると、うっとりとした視線で男性二人のダンスを見つめる王妃の姿がある。

きっと、ジャスティンはナサナエルと踊る機会が今後もあるだろうという予感しかなかった。

「アメリア、今度は君と踊るよ。さぁ、来て」

ナサナエルと三曲も踊ったジャスティンは、終わるとすぐにアメリアのところに来てダンスに誘う。

差し伸ばされた手を取ったアメリアは、これからジャスティンと踊ることにトクンと胸をときめかせた。

プロポーズされてから結婚式まで慌ただしく過ごしたため、二人で踊るのはこれが初めてだった。

「ジャスティン、お手柔らかにね」

「もちろんだよ、私に任せて」

アメリアの腰に手を回したジャスティンは、さっきとは打って変わって瞳を蕩《とろ》けさせ、身体を密着させてアメリアと踊った。

王太子のナサナエルも、微笑みながらキャサリンと連続で踊っている。

嬉しそうに見つめ合って踊る二組のカップルを周囲は拍手でもって祝福した。

その日、舞踏会でアメリアの傍《そば》から一時も離れないジャスティンと、キャサリンの腰に手を回したまま離さない王太子の姿を見た人々は——

それぞれの伴侶にぞっこんな姿から『炎の消えた王子と氷の溶けた騎士』と呼ぶようになったという。

Noche
ノーチェ

甘く淫らな恋物語

ノーチェブックス

転生特典は
極上のつがい!

異世界でうさぎになって、狼獣人に食べられました

榎本《えのもと》ペンネ
イラスト：comura

神様的存在の手違いで、うさぎの獣人として異世界に転生する羽目になったルミ。突然放り出された異世界で途方に暮れる彼女を拾ったのは、狼獣人のベックラーだった。強面の軍人である彼とルミは、なぜか急速に惹かれ合う。実はルミが転生するにあたって与えられた特典は、「生涯のつがいに出会える保証」で……!?

詳しくは公式サイトにてご確認ください
https://www.noche-books.com/
携帯サイトはこちらから!

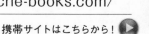

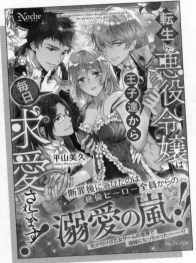

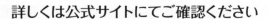

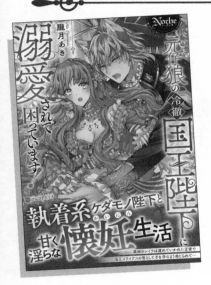

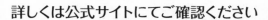

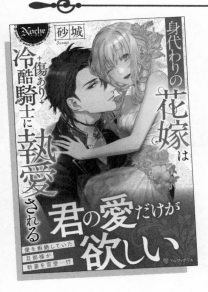

この作品に対する皆様のご意見・ご感想をお待ちしております。
おハガキ・お手紙は以下の宛先にお送りください。
【宛先】
〒150-6008 東京都渋谷区恵比寿 4-20-3 恵比寿ｶﾞｰﾃﾞﾝﾌﾟﾚｲｽﾀﾜｰ 8F
（株）アルファポリス　書籍感想係

メールフォームでのご意見・ご感想は右のＱＲコードから、
あるいは以下のワードで検索をかけてください。

アルファポリス　書籍の感想　検索

ご感想はこちらから

本書は、Web サイト「アルファポリス」（https://www.alphapolis.co.jp/）に掲載されていたものを、改稿のうえ、書籍化したものです。

王太子殿下《おうたいしでんか》の真実《しんじつ》の愛《あい》のお相手《あいて》は、
私《わたし》の好《す》きな幼馴染《おさななじみ》の獣人騎士《じゅうじんきし》でした!?

季邑えり（きむらえり）

2023年 4月 25日初版発行

編集－反田理美
編集長－倉持真理
発行者－梶本雄介
発行所－株式会社アルファポリス
〒150-6008 東京都渋谷区恵比寿4-20-3 恵比寿ｶﾞｰﾃﾞﾝﾌﾟﾚｲｽﾀﾜｰ8F
TEL 03-6277-1601（営業） 03-6277-1602（編集）
URL https://www.alphapolis.co.jp/
発売元－株式会社星雲社（共同出版社・流通責任出版社）
〒112-0005 東京都文京区水道1-3-30
TEL 03-3868-3275
装丁・本文イラスト－獅童ありす
装丁デザイン－AFTERGLOW
（レーベルフォーマットデザイン—ansyyqdesign）
印刷－中央精版印刷株式会社

ISBN978-4-434-31912-9 C0093